U0095614

iLike职场Photoshop CS4
人物照片精修与艺术设计

阳光 等编著

电子工业出版社

Publishing House of Electronics Industry

北京·BEIJING

内 容 简 介

本书共分12章，第1章至第9章为人像精修篇，按照从局部到整体、由简单到复杂的顺序编排，主要介绍了人物的五官等部位的细致修饰，包括了人物照片修饰时可能遇到的大部分问题。第10章至第12章为艺术设计篇，介绍了人物照片的艺术设计手法和照片模板的制作技巧等。本书是作者多年来个人拍摄技巧和后期处理经验的总结，以实际应用为导向，通过对各种典型效果的技术分析和具体操作，引导读者掌握人像照片修饰的精妙技法，具有明显的针对性、技巧性和实用价值。

本书可作为广大数码摄像初、中级用户的自学参考书，也可作为照片处理或数码冲印从业者的辅助工具书，还可供从事平面处理和网页制作的人员使用，是一本时尚、精美、实用的人物数码照片处理宝典。

图书在版编目（CIP）数据

iLike职场Photoshop CS4人物照片精修与艺术设计/阳光等编著.—北京：电子工业出版社，2010.4
ISBN 978-7-121-10615-6

Ⅰ. i… Ⅱ. 阳… Ⅲ. 图形软件，Photoshop CS4 Ⅳ. TP391.41

中国版本图书馆CIP数据核字（2010）第053786号

责任编辑：李红玉
文字编辑：易 昆
印 刷：北京天竺颖华印刷厂
装 订：三河市鑫金马印装有限公司
出版发行：电子工业出版社
     北京市海淀区万寿路173信箱 邮编：100036
     北京市海淀区翠微东里甲2号 邮编：100036
开 本：787×1092 1/16 印张：20.25 字数：510千字
印 次：2010年4月第1次印刷
定 价：38.00元

前　言

随着人们物质生活水平的不断提高，数码相机在家庭中的使用越来越普及，但是受拍摄者的摄影技术、所使用的数码设备及其他自然因素的影响，拍出来的照片或多或少会存在一些问题，此时最有效的弥补方法就是进行数码照片的后期处理，技术好的话甚至能实现梦幻般的完美效果。我们知道，Photoshop是一款相当主流的图形图像处理软件，它提供了专业、全面的图像处理功能，通过简单操作即可实现令人惊叹的效果。

本书就是一本专门为初、中级读者编写，依托Photoshop CS4软件、针对人物照片进行数码处理的实例型图书。本书总结了编者多年的数码照片后期处理经验，全面揭示了Photoshop CS4的强大功能以及精湛的人物图像修饰处理技术。全书共分12章，按照从局部到整体，从上到下，从个体到综合的顺序进行编排。每章都针对照片中人物的某个特定部位的修饰给出多个典型实例，使读者能够得到全面彻底的练习，从而迅速提高自己的技术水平，快速成为数码照片后期处理的高手。

本书的特点

本书内容完全针对广大使用数码相机的家庭用户进行编写，案例中的大多数素材都来自于日常生活中所拍摄的照片，非常贴近生活。本书还有一大特点就是对每个实例都根据该实例的制作目的和关键技术进行了分析，使读者在进行操作之前对实例有一定的了解。在制作步骤中穿插了提示和技巧，使读者可以清楚地掌握学习的重点和难点，在以后进行应用和扩展时可以更加得心应手。本书的语言描述通俗易懂，操作步骤清晰准确，采用了理论讲解与实际应用虚实相结合的方式，同时结构紧凑、实例精美、抓图考究，具有很强的可读性。

学习效果

通过学习本书，读者既能全面掌握Photoshop CS4软件的功能，又能灵活地学会如何应用Photoshop CS4进行照片修饰和艺术处理，更能启发灵感，开拓设计思路，增强设计经验，从而帮助你更好地为实际工作服务。

学习方法或建议

本书每章的实例都是独立的，你可以从头开始按顺序阅读本书，也可以直接挑选自己感兴趣的实例来学习，为了让你更容易阅读本书，我们在版面的编排上也做了很多贴心的设计，建议你先整体浏览全书一遍，这将更有助于学习。

硬件配置要求

Photoshop CS4的硬件配置要求如下：

- 1.8GHz或更快的处理器；
- 至少512MB的内存（建议使用1GB）；
- 至少1GB的可用硬盘空间以进行安装，安装后还需要额外的可用空间；
- DVD-ROM光驱；
- 1024像素×768像素显示器（建议使用1280像素×800像素的）与16位显示卡；
- 某些CPU加速功能需要有Shader Model 3.0和OpenGL 2.0图形支援；
- Shader Model 3.0；
- 键盘与鼠标。

创作团队

本书由麓山文化团队的阳光主编，参加编写的人员还有：何晓瑜、杨芳、李红萍、李红艺、李红术、陈云香、林小群、黄柯、朱海涛、廖博、刘清平、陈文香、陈爱秀、陈军云、易盛、喻文明、张绍华、刘有良、伍顺、陈志民、申玉秀、陈运炳、陈爱秀、陈文轶、黄华、李红文、陈寅、何俊等。

由于作者水平有限，书中难免有疏漏之处，恳请广大读者批评指正。最后，我们衷心地感谢您选择本书。

为方便读者阅读，若需要本书配套资料，请登录"北京美迪亚电子信息有限公司"（http://www.medias.com.cn），在"资料下载"页面进行下载。

目　　录

第1章

人物眼部的美容

都说眼睛是心灵之窗，你身体状况如何，你是否漂亮，从眼睛就可以略知一二。本章通过16个实例，详细介绍人物眼部的美容方法，还你一双完美的眼眸。

1.1 和熊猫眼说再见——消除黑眼圈

在日常生活中，人们受睡眠和精神状态等多方面的影响，可能产生难看的黑眼圈。本实例主要运用修补工具消除照片中人物的黑眼圈，效果如图1-1所示。

图1-1 消除黑眼圈

（1）启动Photoshop CS4，选择"文件"|"打开"命令，在"打开"对话框中选择人物照片，单击"打开"按钮，打开素材，如图1-2所示。

 按Ctrl+O快捷键，或者在Photoshop的灰色程序窗口中双击鼠标，都可以弹出"打开"对话框。

（2）执行"图层"|"复制图层"命令，弹出"复制图层"对话框。保持默认设置，单击"确定"按钮，将"背景"图层复制一份，得到"背景副本"图层，如图1-3所示。

（3）在工具箱中选择缩放工具，或按快捷键Z，然后移动光标至图像窗口，这时光标显示为形状，在人物眼睛部分按住鼠标并拖动，绘制一个虚线框，如图1-4所示。释放鼠标后，窗口放大显示人物眼睛部分，以方便进行后面的操作。

（4）选择工具箱中的修补工具，修补工具选项栏如图1-5所示。在眼袋范围单击并拖动鼠标，选择出需要修补的图像区域，如图1-6所示。

图1-2　打开照片素材

图1-3　复制图层

图1-4　绘制虚线框

图1-5　修补工具选项栏

（5）设置修补方式。在修补工具选项栏中选中"源"单选项，它表示当前选中的区域是需要修补的区域。

（6）移动光标至选区上方，当光标显示为 形状时按住鼠标拖动选区至采样图像区域，如图1-7所示。

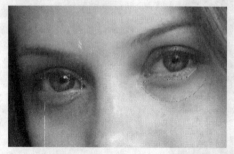

图1-6　选择出需要修补的图像区域

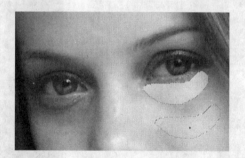

图1-7　拖动选区至采样区域

（7）释放鼠标后，可以使用该区域的图像修补原选区内的图像，如图1-8所示。

（8）继续单击并拖动鼠标，选择需要修补的图像区域，如图1-9所示。

图1-8　修复原图像

图1-9　继续选择需要修补的图像区域

（9）移动光标至选区上方，按住鼠标并拖动选区至如图1-10所示的位置。运用同样的方法，修复原图像中的区域。

（10）释放鼠标后，执行"选择"|"取消选择"命令或按下Ctrl+D快捷键，取消选择，

效果如图1-11所示。

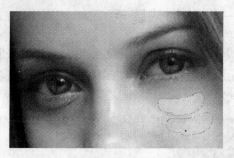

图1-10 拖动选区至采样区域

图1-11 取消选择后的效果

（11）运用同样的操作方法，为人物的右眼消除眼袋，如图1-12所示。

（12）此时观察发现人物的眼袋部分颜色较深，单击"调整"面板中的"曲线"按钮，添加曲线调整图层，调整曲线如图1-13所示，通过调整，图像效果如图1-14所示。

图1-12 修复人物右眼

图1-13 调整曲线的参数

（13）在图层面板中选择"曲线"调整图层的图层蒙版，填充颜色为黑色。

（14）然后设置前景色为白色，选择画笔工具，设置"不透明度"项和"流量"的值均为20%，按"["或"]"键调整合适的画笔大小，在人物的眼袋部分涂抹，消除黑眼圈，最终效果如图1-15所示。

图1-14 "曲线"调整效果

图1-15 最终效果

提示

若在修补工具选项栏中选中"目标"单选项，则表示当前选中的区域是采样区域，下一步要移动该选区到需要修补的区域上。

1.2　美睫教主擂台，化平庸为神奇——加长加浓睫毛

拥有长长的睫毛是每个女孩梦想的事情，本实例主要展示如何通过使用画笔工具来制作加长加浓的睫毛效果，如图1-16所示。用户可以使用画笔工具直接在图像上绘制点或者各种线条，画笔工具是Photoshop CS4中最常用的工具之一。

图1-16　加长加浓的睫毛效果

（1）启动Photoshop CS4，打开一张素材图片，如图1-17所示。

（2）选择工具箱中的画笔工具，按F5键或单击属性栏中的"切换画笔面板"按钮，弹出"画笔"面板，选择"沙丘草"笔刷，如图1-18所示。

图1-17　打开素材

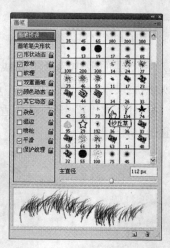

图1-18　选择笔刷样式

 技巧　在工具选项栏中单击"画笔预设"下拉按钮，打开"画笔预设"下拉列表框，拖动滚动条即可浏览、选择所需的预设画笔，每个画笔上方还有使用该画笔绘画的效果预览图。

（3）在图层面板中将左边"画笔选项"复选框的选择全取消掉，然后得到睫毛雏形，如图1-19所示。

（4）在图层面板中调整好笔刷的直径、角度、翻转轴等参数，如图1-20所示。

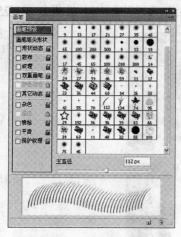

图1-19 获得睫毛雏形

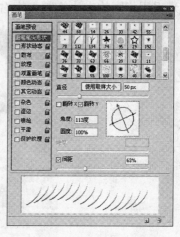

图1-20 调整笔刷的参数

（5）单击图层面板中的"创建新图层"按钮 ，新建一个图层。在人物左眼上睫毛处绘制人物睫毛，边画边调节该控制面板中的"直径"、"角度"值以营造长短不一、角度不同的睫毛效果，左眼上睫毛效果如图1-21所示。

（6）将图层复制两份，并按Ctrl+E快捷键，将三个图层合并，加强睫毛的效果，如图1-22所示。

图1-21 绘制左眼上睫毛

图1-22 加强效果

（7）在"画笔"面板中选中"翻转X"复选框，并调整合适的直径以及角度值，如图1-23所示。采用相同的方法绘制左眼下睫毛，效果如图1-24所示。

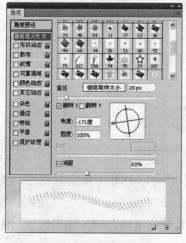

图1-23 调整参数

图1-24 绘制左眼下睫毛

（8）采用相同的方法绘制人物右眼，完成添加睫毛效果的制作，效果如图1-25所示。

图1-25　添加人物右眼睫毛后的效果

选择画笔工具 ✐后，在图像窗口任意位置单击鼠标右键，可快速打开"画笔预设"列表框。

1.3　赶走可恶红眼——消除红眼

红眼是由于相机闪光灯在视网膜上反光造成的。在光线暗淡的房间里拍照时，光线比较弱，人眼瞳孔放大，如果闪光灯的强光突然照射过来，瞳孔来不及收缩，强光直射视网膜，视觉神经的血红色就会出现在照片上形成"红眼"。为了避免出现红眼，可以使用相机的红眼消除功能。

而Photoshop CS4中的红眼工具 💿是一个专门用于修饰数码照片的工具，可以去除照片中人物的红眼现象，如图1-26所示为使用该工具处理的示例。

图1-26　消除红眼的效果

（1）启动Photoshop CS4，执行"文件"|"打开"命令，打开一张素材图片，如图1-27所示。

（2）选择红眼工具 💿，在人物右边眼睛上的红眼处单击鼠标左键，修正效果如图1-28所示。

（3）继续运用红眼工具 ，在人物左边红眼处单击鼠标左键，修复效果如图1-29所示。

图1-27 打开素材

图1-28 修复右眼

 图1-29 消除左边红眼

 除了使用专门的红眼修复工具外，也可以使用画笔工具，设置前景色为黑色，设置混合模式为"颜色"，也可以去除人物的红眼。

1.4 妆点你的眼色秘诀——给人物的眼睛变色

配戴彩色隐形眼镜为眼睛增加亮点是时尚新潮流，本实例通过使用快速蒙版和图层的混合模式快速实现眼睛变色效果，如图1-30所示。

图1-30 给人物的眼睛变色

（1）启动Photoshop CS4，执行"文件"|"打开"命令，在"打开"对话框中选择人物素材图像，单击"打开"按钮，如图1-31所示。

（2）单击工具箱中的"以快速蒙版模式编辑"按钮，然后在工具箱中选择画笔工具，在人物的眼睛处涂抹，如图1-32所示。

（3）继续使用画笔工具，在人物的另一只眼睛上涂抹，如图1-33所示。

（4）单击工具箱中的"以标准模式编辑"按钮，按Ctrl+Shift+I快捷键反选，得到如图1-34所示的选区。

图1-31　人物素材

图1-32　涂抹眼睛

图1-33　涂抹另一只眼睛

图1-34　得到选区

（5）单击工具箱中的"设置前景色"色块，弹出"拾色器（前景色）"对话框，设置颜色为绿色（RGB参考值分别为R73、G126、B54），如图1-35所示。

（6）单击"确定"按钮，退出对话框。单击图层面板中的"创建新图层"按钮 ，新建一个图层，按Alt+Delete快捷键，填充颜色，如图1-36所示。

图1-35　设置颜色

图1-36　填充颜色

设置图层的"混合模式"为"叠加"，图层面板如图1-37所示，效果如图1-38所示。

提示　运用颜色替换工具 也可给人物的眼睛变色，颜色替换工具 位于绘图工具组，它能在保留照片原有材质纹理与明暗度的基础上，轻而易举地用前景色置换图像中的色彩。

单击工具箱中的前景色色块，设置目标颜色。移动光标至眼睛图像上方，按下"["和"]"键调整合适的画笔大小，在需要替换颜色的区域拖动，即可替换颜色。

图1-37 图层面板

图1-38 "叠加"效果

1.5 演绎闪亮美眸——使人物眼睛更亮

每个人都想拥有一双水汪汪的大眼睛，可是在拍摄照片的时候却常常把眼睛拍摄得暗淡无光，让整个人都无精打采、毫无神韵。本实例通过减淡工具和矩形选框工具进行操作，可以弥补缺陷，让人物的眼睛亮起来，如图1-39所示。

图1-39 使人物眼睛更亮

（1）启动Photoshop CS4，执行"文件"|"打开"命令，打开一张素材图片，如图1-40所示。

（2）在工具箱中选择缩放工具，放大显示人物的眼睛部分，如图1-41所示。

图1-40 打开素材

图1-41 放大显示

（3）选择工具箱中的减淡工具 🔍 ，在工具选项栏中设置"范围"为"中间调"、"曝光度"为15%，设置前景色为黑色，如图1-42所示。

| 🔍 ▾ | 画笔: 🔵 ▾ | 范围: 中间调 ▾ | 曝光度: 15% ▸ | ✎ | ☑保护色调 |

图1-42　工具选项栏

 设置减淡工具选项栏中的曝光度值，可控制图像减淡的程度，曝光度值越大，减淡的效果越明显。

（4）将鼠标移至眼珠下半部分，运用减淡工具 🔍 涂抹即可减淡该位置的图像颜色，效果如图1-43所示。

（5）单击图层面板中的"创建新图层"按钮 🔲 ，新建一个图层，运用矩形选框工具 🔍 绘制四个矩形，填充颜色为白色，按Ctrl+D键取消选择，如图1-44所示。

图1-43　减淡效果

图1-44　绘制矩形

（6）执行"编辑"|"变换"|"变形"命令，调整矩形，按Enter键确定调整，得到如图1-45所示的效果。

（7）设置矩形图层的"不透明度"为20%，效果如图1-46所示。

图1-45　变形效果

图1-46　设置"不透明度"后的效果

图1-47　复制矩形

（8）将图层复制一份，运用移动工具，调整位置至另一只眼睛上，完成实例的制作，效果如图1-47所示。

1.6　睁眼看世界——把闭着的眼睛睁开

本实例通过使用添加图层蒙版这个简单的方法来弥补拍照的时候没有睁开眼睛的缺憾，效果如图1-48所示。图层蒙版是一种特殊的选区，其主要目的是保护选区不被操作，而不是对选区进行操作。图层蒙版用于屏蔽图层中的图像，其白色区域为该图层图像的显示部分，而黑色区域为该图层的图像蒙版区，也就是隐藏部分。

（1）启动Photoshop CS4，执行"文件"|"打开"命令，打开两张素材图片，如图1-49所示。

（2）选择工具箱中的移动工具，将睁开眼睛的图片拖动至闭着眼睛的图片中。设置图层的"不透明度"为50%，按Ctrl+T快捷键，调整图形的大小、角度和位置，使两张图片的眼睛位置重合，设置图层的"不透明度"为100%，效果如图1-50所示。

图1-48　把闭着的眼睛睁开

图1-49　素材图片

图1-50　调整照片

（3）单击图层面板上的"添加图层蒙版"按钮，为图层添加图层蒙版。编辑图层蒙版，按D键，恢复前景色和背景色为默认的黑白颜色，按Ctrl+Delete快捷键，填充蒙版为黑色，然后选择画笔工具，在人物眼睛上涂抹，此时人物效果如图1-51所示。

单击"调整"面板中的"曲线"按钮，添加曲线调整图层，在"调整"面板中调整曲线如图1-52所示。

（4）单击"调整"面板中的按钮，创建剪贴蒙版，使此调整只作用于人物眼睛图像部分，最终效果如图1-53所示。

（5）在工具箱中选择缩放工具，移动光标至图像窗口，这时光标显示为形状，在人物眼睛部分按住鼠标并拖动，绘制一个虚线框，释放鼠标后，窗口放大显示人物眼睛部分，此时可以发现人物右眼上有多余的发丝，如图1-54所示。

图1-51　添加图层蒙版

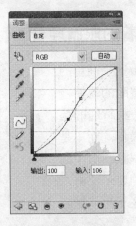

图1-52　调整"曲线"

图1-53　"曲线"调整效果

技巧

缺乏对比度的图像通常是一些扫描的照片，这类图像的色调过于集中在中间色调范围内，而缺少明暗对比。这时可以在曲线中锁定中间色调，同时将阴影区曲线稍稍下调，将高光区曲线稍稍上扬，得到S型曲线，曲线陡峭会使图像的对比度增加，这样可以使阴影区更暗，高光区更亮，图像的明暗对比就加强了。

（6）选中工具箱中的仿制图章工具 ，在选项栏中选择合适大小的画笔，然后移动光标至图像窗口发丝边缘位置，按下Alt键单击鼠标进行取样，此时的光标显示为⊕形状。松开Alt键，移动光标至发丝上，按住鼠标左键涂抹，发丝被擦除，如图1-55所示。

图1-54　放大显示

图1-55　擦除发丝

提示

仿制图章工具 用于对图像的内容进行复制，进行取样以后，在拖动鼠标进行复制的过程中，取样点也会发生移动，但取样点和复制图像位置的相对距离始终保持不变。

1.7　人人都可以拥有大眼美眸——使人物眼睛变大

拍照的时候没有瞪大眼睛，可使用本实例这个简单的方法进行修补，如图1-56所示，但眼睛大并不是每一个人都合适，制作时要注意适可而止。

本实例通过使人物眼睛变大，主要讲解图形变换的方法。在制作的过程中，首先使用套索工具围绕人物建立选区，然后通过放大选区内的图形，达到眼睛变大的效果。

图1-56 使人物眼睛变大

（1）启动Photoshop CS4，执行"文件"|"打开"命令，打开如图1-57所示的素材。

（2）选择工具箱中的套索工具 ，沿着人物右眼绘制一个选区，如图1-58所示。

图1-57 打开素材　　　　　　　　　　图1-58 建立选区

（3）按快捷键Shift+F6，弹出"羽化选区"对话框，设置参数如图1-59所示。单击"确定"按钮，退出该对话框。

（4）按Ctrl+J快捷键，复制选区至新的图层，按快捷键Ctrl+T，进入自由变换状态，对象周围出现控制手柄，将鼠标光标放于控制手柄上，当鼠标指针变为 状时，按住Alt+Shift键并向外拖动鼠标，将图像沿中心等比例放大，如图1-60所示，拖动至合适位置时释放鼠标，按Enter键确定操作，效果如图1-61所示。

 在自由变换过程中，若要取消变换操作，可按下Esc键。

（5）使用相同的方法制作右眼变大效果，效果如图1-62所示。

图1-59 "羽化选区"对话框 　　　　　　图1-60 调整大小

图1-61 确定调整 　　　　　　　　图1-62 调整右眼

1.8 一双同样的眼睛——修复大小眼

人的眼睛一般都会一只大一只小，本实例通过运用套索工具、自由变换、"曲线"调整命令和添加图层蒙版等操作，将两只眼睛调整为同样大小，如图1-63所示。

图1-63 修复大小眼

（1）启用Photoshop后，执行"文件" | "打开"命令，在"打开"对话框中选择人物素材，单击"打开"按钮，如图1-64所示。

（2）选择工具箱中的套索工具 📎，沿着人物左眼绘制一个选区，如图1-65所示。

图1-64 打开的人物素材

图1-65 建立选区

（3）按快捷键Shift+F6，弹出"羽化选区"对话框，设置参数如图1-66所示。单击"确定"按钮，退出该对话框。

（4）按Ctrl+J快捷键，复制选区至新的图层，系统自动生成"图层1"图层，图层面板如图1-67所示。

图1-66 "羽化选区"对话框

图1-67 复制图形

选区的羽化功能常用来制作晕边艺术效果，羽化值的大小控制着图像晕边的大小，羽化值越大，晕边效果越明显。

（5）按Ctrl+T快捷键，进入自由变换状态，对象周围出现控制手柄，将鼠标光标放于控制手柄上，当鼠标指针变为↰状时，按住鼠标并拖动，旋转图像，如图1-68所示。拖动至合适位置时释放鼠标，按Enter键确定操作。

（6）在图层面板中单击选中"图层1"图层，按住鼠标将其拖动至"创建新图层"按钮 ▣上，复制得到"图层1副本"图层，如图1-69所示。

（7）执行"编辑"|"变换"|"水平翻转"命令，水平翻转图像，按Ctrl+T快捷键，进入自由变换状态，调整好大小和位置，如图1-70所示。

（8）单击"调整"面板中的"曲线"按钮 ▣，添加"曲线"调整图层，调整曲线如图1-71所示；选择红通道选项，调整曲线如图1-72所示；选择绿通道选项，调整曲线如图1-73所示；选择蓝通道选项，调整曲线如图1-74所示，通过调整，可使复制的皮肤与原皮肤的颜色进行融合。

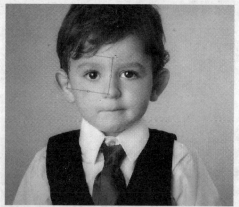

图1-68 旋转图像

图1-69 复制图层

图1-70 水平翻转

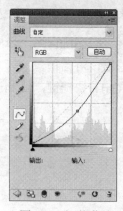

图1-71 调整曲线

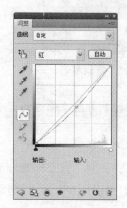

图1-72 调整"红通道"

图1-73 调整"绿通道"

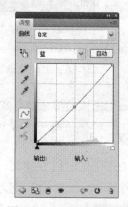

图1-74 调整"蓝通道"

图1-75 创建剪贴蒙版

（9）单击调整面板中的 ● 按钮，创建剪贴蒙版，使此调整只作用于眼睛图像，图层面板如图1-75所示，图像效果如图1-76所示。

（10）选择"曲线"调整图层的图层蒙版，编辑图层蒙版，设置前景色为黑色，选择画笔工具 ✐ ，按"["或"]"键调整合适的画笔大小，在眼珠和眼皮上涂抹，使过渡变得更自然，图像效果如图1-77所示。

图1-76　调整效果

图1-77　编辑图层蒙版

1.9　谁更美？是你还是你的妆——绘制多彩的眼线和眼影

说到上妆肯定有人在想，在现实生活中，只有手巧的美容师才能帮我们打扮出美丽的妆容。下面本实例将教你如何为照片中的人物绘制多彩的眼线和眼影，让你的照片光彩夺目，效果如图1-78所示。

（1）启用Photoshop后，执行"文件"|"打开"命令，在"打开"对话框中选择人物素材，单击"打开"按钮，打开素材，如图1-79所示。

（2）绘制眼线，按D键，恢复前景色和背景色为默认的黑白颜色，单击图层面板中的"创建新图层"按钮，新建一个图层，选择画笔工具，在工具选项栏中降低不透明度和流量，绘制如图1-80所示的眼线，在绘制的时候可运用橡皮擦工具擦除多余的部分。

（3）按住Ctrl键的同时，单击"图层1"图层的缩览图，载入图层选区，如图1-81所示。

图1-78　绘制多彩的眼线和眼影

图1-79　人物素材

图1-80　绘制眼线

图1-81　载入选区

（4）选择工具箱渐变工具▣，在工具选项栏中单击渐变条▰▰▰▰，打开"渐变编辑器"对话框，设置参数如图1-82所示。

（5）单击"确定"按钮，关闭"渐变编辑器"对话框。按下工具选项栏中的"线性渐变"按钮▣，在图像中按住并由上至下拖动鼠标，填充渐变，按Ctrl+D快捷键，取消选择，效果如图1-83所示。

（6）在图层面板中设置"图层1"图层的"混合模式"为"变暗"、"不透明度"为77%，如图1-84所示，此时图像效果如图1-85所示。

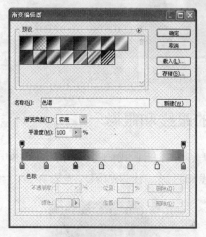

图1-82　"渐变编辑器"对话框

图1-83　填充渐变

图1-84　设置图层属性

（7）单击工具箱中的"前景色"色块，在弹出的对话框中设置前景色为红色（RGB参考值分别为R237、G6、B4），如图1-86所示。

图1-85　"变暗"效果

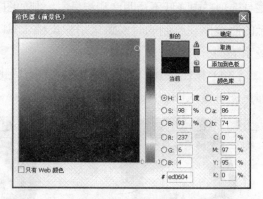

图1-86　设置颜色

（8）新建一个图层，继续运用画笔工具✐，绘制如图1-87所示的眼影效果。

（9）单击工具箱中的前景色色块，设置前景色为黄色（RGB参考值分别为R244、G219、B2），如图1-88所示。

（10）新建一个图层，继续运用画笔工具✐，绘制如图1-89所示的眼影效果。

（11）选择工具箱中的涂抹工具▨，在眼影上按住鼠标并拖动，涂抹出如图1-90所示的效果。

图1-87 绘制眼影

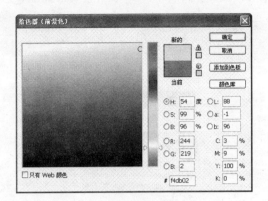

图1-88 设置颜色

（12）在图层面板中设置"图层2"图层的"混合模式"为"变暗"、"不透明度"为68%，如图1-91所示，此时图像效果如图1-92所示。

图1-89 再次绘制眼影

图1-90 涂抹眼影

图1-91 设置图层属性

（13）参照上述同样的操作方法，新建"图层3"图层，制作出其他的眼影部分，如图1-93所示。

图1-92 "变暗"效果

图1-93 "颜色加深"模式

（14）在图层面板中设置"图层3"图层的"混合模式"为"变暗"、"不透明度"为47%，如图1-94所示，此时图像效果如图1-95所示。

图1-94　设置图层属性

图1-95　最终效果

变暗模式：

该模式将上下两图层对应像素的各颜色通道分别进行比较，哪个更暗，便以这种颜色作为此像素最终的颜色，也就是取两个颜色中的暗色作为最终色，因此叠加后整体图像变暗。例如，在该模式下，图层某像素的颜色为（R200、G50、B25），另一图层对应位置像素的颜色为（R25、G100、B75），则混合后将得到（R25、G50、B25）的颜色。

1.10　巴洛克式浓眉——加深眉毛颜色

一双眉毛的粗细能体现人物的个性和态度。修眉其实不难，只要达到视觉平衡不造作就可以了。本实例主要运用画笔工具和调整图层混合模式，制作出一对巴洛克式浓眉，如图1-96所示。用户运用画笔工具和橡皮擦工具可绘制自由的图形，并对图形进行修改。

图1-96　加深眉毛颜色

（1）启用Photoshop后，执行"文件"|"打开"命令，在"打开"对话框中选择人物素材，单击"打开"按钮，打开素材，如图1-97所示。

（2）单击图层面板中的"创建新图层"按钮，新建一个图层，设置前景色为黑色，选择画笔工具，设置"不透明度"和"流量"均为100%，绘制眉毛如图1-98所示。

（3）绘制完成后，运用橡皮擦工具擦掉多余的部分，效果如图1-99所示。

图1-97　人物素材　　　　图1-98　绘制眉毛　　　　图1-99　擦掉多余的部分

（4）在图层面板中设置图层的"混合模式"为"柔光"，如图1-100所示，设置后的效果如图1-101所示。

图1-100　图层面板　　　　　　　　图1-101　"柔光"效果

1.11　精致美眉——修出精致眉型

眉毛是眼睛的框架，它对面部结构起着重要的作用，能为面部表情增加力度，即使你没有化妆，只要你的眉毛经过很好的修饰，便会使整个面部看上去都很有型。本实例主要运用钢笔工具和仿制图章工具相结合制作出精致的眉型，效果如图1-102所示。

图1-102　修出精致眉型

（1）启用Photoshop后，执行"文件"|"打开"命令，在"打开"对话框中选择人物素材，单击"打开"按钮，打开素材，如图1-103所示。

（2）在图层面板中单击选中背景图层，按住鼠标将其拖动至"创建新图层"按钮上，复制得到背景副本图层，如图1-104所示。

图1-103　人物素材　　　　　　　　　　　　　　图1-104　复制图层

（3）选择工具箱中的钢笔工具，在人物的眉毛部分单击并拖动鼠标，绘制如图1-105所示的路径。

（4）按Ctrl+Enter快捷键，将路径转换为选区，如图1-106所示。

图1-105　绘制路径　　　　　　　　　　　　　　图1-106　转换选区

（5）执行"选择"|"修改"|"羽化"命令，或按Shift+F6快捷键，弹出"羽化选区"对话框，设置"羽化半径"为"2像素"，如图1-107所示，单击"确定"按钮，退出对话框。

图1-107　"羽化选区"对话框

（6）选择工具箱中的仿制图章工具，在工具选项栏中选择合适大小的画笔，按住Alt键的同时，在如图1-108所示的位置单击鼠标，进行取样，此时的光标显示为⊕形状。

（7）释放Alt键，移动光标至下侧的眉毛上，按住鼠标左键并拖动，眉毛被涂抹擦除，如图1-109所示。

图1-108 取样

图1-109 拖动鼠标擦除眉毛

（8）继续运用仿制图章工具，按住Alt键的同时，在如图1-110所示的位置单击鼠标，进行取样。

（9）释放Alt键，移动光标至上侧的眉毛上，按住鼠标左键并拖动，眉毛上侧部分被涂抹擦除，如图1-111所示。

图1-110 取样

图1-111 拖动鼠标擦除上侧眉毛

（10）执行"选择"|"反向"命令，继续运用仿制图章工具，按住Alt键的同时，在如图1-112所示的位置单击鼠标，进行取样。

（11）释放Alt键，移动光标至上侧的眉毛上，按住鼠标左键并拖动，眉毛上侧部分被涂抹擦除，如图1-113所示。

图1-112 取样

图1-113 拖动鼠标再次修改眉毛

（12）执行"选择"|"取消选择"命令，或按Ctrl+D快捷键，取消选择，效果如图1-114所示。

（13）运用同样的操作方法制作左侧的眉毛，完成实例的制作，效果如图1-115所示。

图1-114　取消选择

图1-115　最终效果

1.12　单眼皮小眼不再愁——单眼皮变为双眼皮

很多单眼皮MM在拍照时对自己的单眼皮十分不满，本实例通过使用钢笔工具和加深工具将人物的单眼皮变为双眼皮，效果如图1-116所示。用户可以使用钢笔工具绘制各种不同规则的曲线，然后轻松方便地将路径转换为选区。加深工具可以在保留图像特征的情况下对图像的颜色进行加深，从而达到使局部变暗的效果。

（1）启用Photoshop后，执行"文件"|"打开"命令，在"打开"对话框中选择人物素材，单击"打开"按钮，打开素材，如图1-117所示。

（2）在图层面板中单击选中"背景"图层，按住鼠标将其拖动至"创建新图层"按钮 上，复制得到"背景副本"图层，如图1-118所示。

图1-116　单眼皮变为双眼皮

图1-117　人物素材

图1-118　复制图层

（3）在工具箱中选择缩放工具，或按快捷键Z，然后移动光标至图像窗口，这时光标显示形状，在人物眼睛部分按住鼠标并拖动，绘制一个虚线框，释放鼠标后，窗口将放大显示人物眼睛部分，如图1-119所示，这样可方便于后面的操作。

（4）选择工具箱中的钢笔工具，单击并拖动鼠标，绘制如图1-120所示的路径。

图1-119 放大显示

图1-120 绘制路径

（5）在路径上单击鼠标右键，在弹出的快捷菜单中选择"建立选区"选项，在弹出的"建立选区"对话框中设置"羽化半径"为"2"像素，如图1-121所示。

（6）单击"确定"按钮，退出对话框，得到如图1-122所示的选区。

图1-121 "建立选区"对话框

图1-122 得到的选区

（7）选择工具箱中的加深工具，在工具选项栏中设置加深的"范围"和"曝光度"参数，如图1-123所示。

图1-123 加深工具选项栏

（8）将鼠标移动至图像窗口中选区的上边缘位置，运用加深工具沿着边缘拖动，加深图像颜色，如图1-124所示。

（9）执行"选择"|"取消选择"命令，得到一只眼睛的双眼皮效果，如图1-125所示。

（10）运用同样的操作方法为另一只眼添加双眼皮效果，完成实例的制作，如图1-126所示。

图1-124 加深图像颜色

图1-125　取消选择	图1-126　最终效果

1.13　轻松修炼魅力电眼美女——增白眼白部分

本实例主要使用减淡工具将人物的眼白提亮，从而使眼睛更加有神，效果如图1-127所示。

图1-127　增白眼白部分

（1）启用Photoshop后，执行"文件"|"打开"命令，在"打开"对话框中选择人物素材，单击"打开"按钮，打开素材图片，如图1-128所示。

（2）在图层面板中单击选中背景图层，按住鼠标将其拖动至"创建新图层"按钮上，复制得到背景副本图层。

（3）在工具箱中选择缩放工具，移动光标至图像窗口，这时光标显示形状，在人物右眼部分按住鼠标并拖动，绘制一个虚线框，释放鼠标后，窗口放大显示人物右眼部分。

（4）选择工具箱中的减淡工具，将鼠标移动至眼白部分，如图1-129所示。

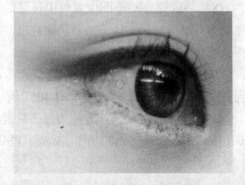

图1-128　人物素材	图1-129　光标移动的位置

（5）单击并拖动鼠标，可以看到人物的眼白部分变得更加清晰白净，如图1-130所示。

（6）运用同样的操作方法，继续使用减淡工具 调整人物眼珠右侧的眼白部分，效果如图1-131所示。

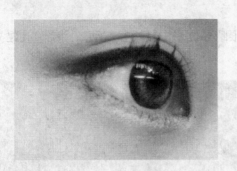

图1-130 修饰的效果

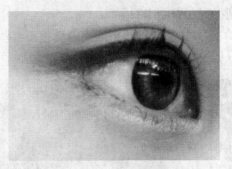

图1-131 继续调整

（7）运用同样的操作方法，继续使用减淡工具 调整人物的左眼，完成后的效果如图1-132所示。

图1-132 调整的效果

1.14 蓝宝石眼睛——打造超酷的眼球

人体任何部位的颜色都是可以变化的，但针对每个部位的颜色变化技巧各不相同。本实例通过使用椭圆选框工具和"曲线"调整命令等制作一款蓝宝石般的眼睛，效果如图1-133所示。椭圆选框工具可以在图层上创建椭圆选区，"曲线"调整命令可通过调整图像上指定的色阶值，从而调整照片阴影部分和高光部分的明暗效果。

图1-133 打造超酷的眼睛

（1）启用Photoshop后，执行"文件"|"打开"命令，在"打开"对话框中选择人物素材，单击"打开"按钮，打开素材图片，如图1-134所示。

（2）在图层面板中单击选中背景图层，按住鼠标将其拖动至"创建新图层"按钮 上，复制得到背景副本图层。

（3）选择工具箱中的椭圆选框工具 ，在眼睛部位单击鼠标并拖动，围绕瞳孔建立选区，如图1-135所示。

图1-134　人物素材

图1-135　建立选区

技巧　选择椭圆选框工具 后，若在拖动鼠标的同时按下Alt+Shift键，则可以建立以起点为圆心的正圆选区。

（4）单击工具箱中的"设置前景色"色块，弹出"拾色器（前景色）"对话框，设置颜色为紫色（RGB参考值分别为R83、G54、B137），如图1-136所示。

（5）单击图层面板中的"创建新图层"按钮 ，新建一个图层，按Alt+Delete快捷键，填充颜色，如图1-137所示。

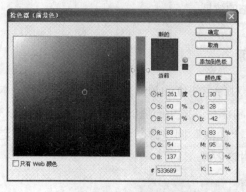

图1-136　设置颜色

图1-137　填充颜色

（6）在图层面板中设置图层的"混合模式"为"颜色"、"不透明度"为70%，如图1-138所示。

（7）执行"选择"|"取消选择"命令，此时图像效果如图1-139所示。

（8）单击"调整"面板中的"曲线"按钮 ，添加曲线调整图层，调整曲线如图1-140所示；选择红通道选项，调整曲线如图1-141所示；选择绿通道选项，调整曲线如图1-142所示；选择蓝通道选项，调整曲线如图1-143所示，通过调整，眼睛部分变得更有神采了。

图1-138 图层面板

图1-139 图像效果

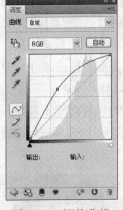

图1-140 调整曲线

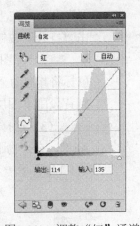

图1-141 调整"红"通道

图1-142 调整"绿"通道

（9）按住Alt键的同时，移动光标至图层面板中分隔"图层1"图层和"曲线1"图层之间的实线上，当光标显示为 形状时，单击鼠标左键，创建剪贴蒙版，使曲线调整只作用于眼睛部分，此时图层面板如图1-144所示，图像效果如图1-145所示。

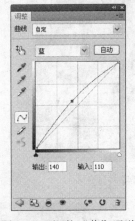

图1-143 调整"蓝"通道

图1-144 创建剪贴蒙版

图1-145 调整效果

1.15 对眼袋说NO——消除人物眼袋

大大的眼袋是漂亮MM们头疼的大事，本实例通过使用修复画笔工具来帮助你解决这一问题，消除人物眼袋的效果如图1-146所示。修复画笔工具主要参照周围的像素和光源等来修复图像，在人物图像处理中常常用到该工具，它可以将图像中的受损部分进行修饰，从而达到完美的图像效果。

（1）启用Photoshop后，执行"文件"|"打开"命令，在"打开"对话框中选择人物素材，单击"打开"按钮，打开素材，如图1-147所示。

（2）在图层面板中单击选中背景图层，按住鼠标将其拖动至"创建新图层"按钮 上，复制得到背景副本图层，如图1-148所示。

（3）选择工具箱中的修复画笔工具 ，按住Alt键，在人物眼部平滑部分单击鼠标进行取样，如图1-149所示。

图1-146 消除人物眼袋

图1-147 打开素材

图1-148 复制图层

图1-149 取样

（4）将鼠标移动至人物面部眼袋位置，拖动鼠标即可将取样的图像应用到需要修复的皮肤上，如图1-150所示。

（5）继续使用修复画笔工具 ，修复人物的另一只眼袋，效果如图1-151所示。

（6）单击"调整"面板中的"色阶"按钮 ，系统自动添加一个"色阶"调整图层，设置参数如图1-152所示，此时图像效果如图1-153所示。

图1-150 应用取样的图像

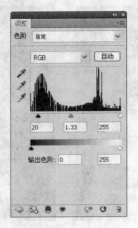

图1-151 修复另一边的眼袋　　　　图1-152 调整参数　　　　图1-153 调整后的效果

　　（7）单击"调整"面板中的"色相/饱和度"按钮▩，系统自动添加一个"色相/饱和度"调整图层，设置参数如图1-154所示。

　　（8）通过调整，完成实例的制作，此时图层面板如图1-155所示，图像效果如图1-156所示。

图1-154 "色相/饱和度"　　　　图1-155 图层面板　　　　图1-156 最后的效果
　　　　 参数设置

1.16　拍照不怕戴眼镜——去掉眼镜上的反光

　　戴眼镜的朋友拍照的时候就会有烦恼，因为眼镜会反光，使照片不是很和谐，有时候还会看不到眼睛。本实例介绍如何通过运用钢笔工具和渐变填充去掉照片中眼镜上的反光，效果如图1-157所示。

　　（1）启用Photoshop后，执行"文件"|"打开"命令，在"打开"对话框中选择人物素材，单击"打开"按钮，打开素材，如图1-158所示。

　　（2）在工具箱中选择缩放工具◻，或按快捷键Z，然后移动光标至图像窗口，这时光标显示为◻形状，在人物鼻子部分按住鼠标并拖动，绘制一个虚线框，释放鼠标后，窗口放大显示人物鼻子部分，如图1-159所示，这样可方便于后面的操作。

图1-157　去掉眼镜上的反光效果

图1-158　人物素材

图1-159　放大显示

（3）选择工具箱中的钢笔工具，或按P快捷键，在人物眼镜上单击并拖动鼠标，绘制路径，如图1-160所示。

（4）绘制完成后，按Ctrl+Enter快捷键，将路径转换为选区，如图1-161所示。

图1-160　绘制路径

图1-161　建立选区

（5）单击工具箱中的"前景色"色块，在弹出的"拾色器（前景色）"对话框中设置前景色为红色，参数值如图1-162所示。

（6）单击工具箱中的"背景色"色块，在弹出的"拾色器（背景色）"对话框中设置背景色为黑色，如图1-163所示。

图1-162 设置前景色

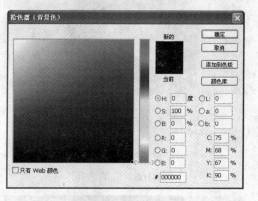

图1-163 设置背景色

在实际工作中，往往使用快捷键对前景色与背景色进行操作：按下X快捷键，交换当前的前景色和背景色；按下D快捷键恢复前/背景色为系统默认的黑/白颜色。

（7）选择工具箱渐变工具，在工具选项栏中单击渐变条，打开"渐变编辑器"对话框，选择"前景色到背景色渐变"，如图1-164所示。单击"确定"按钮，关闭"渐变编辑器"对话框。

（8）按下工具选项栏中的"线性渐变"按钮，移动光标至镜片右上角位置，然后拖动鼠标至左下角填充渐变，如图1-165所示。

图1-164 "渐变编辑器"对话框

图1-165 填充渐变

（9）执行"选择"|"取消选择"命令，或按Ctrl+D快捷键，取消选择，如图1-166所示。

（10）在图层面板中设置"图层1"图层的"不透明度"为85%，图层面板如图1-167所示，图像效果如图1-168所示。

（11）运用同样的操作方法，去除另一只眼镜的反光，效果如图1-169所示。

Photoshop有3种屏幕显示模式：标准屏幕模式、带菜单栏的全屏模式和全屏模式。单击菜单栏中的按钮，或选择"视图"|"屏幕模式"级联菜单命令，可切换选择三种屏幕模式中的一种。三种屏幕模式都显示有工具箱和调板。如果需要更大的工作空间，可按下Shift+Tab键隐藏调板。

图1-166　取消选择

图1-167　设置图层属性

图1-168　去除反光效果

图1-169　最终效果

第2章

人物鼻子部分的美容

自古以来，人们对鼻子外形就很挑剔，五官端正，重心在鼻。鼻呈三角形锥体，它是决定面部立体感的第一要素，具有重要的审美意义，是评价面部美学特征的重要元素。本章通过5个实例，详细介绍对照片中人物鼻子部分的美容，帮你打造美丽的鼻子。

2.1 秀巧小鼻——缩小鼻子

鼻子位于面部的中央位置，对容貌效果起着重要作用。鼻子的形态因种族不同而有显著的差异，欧美人以高鼻梁为美，而中国人则以鼻梁小巧细窄为美。本实例主要结合运用"自由变换"命令与修补工具等将鼻子适当缩小，使鼻子显得更加秀气，效果如图2-1所示。"自由变换"命令可以对当前选中区域中的图形进行缩放、旋转、透视等操作。

图2-1 缩小鼻子

（1）启用Photoshop后，执行"文件"|"打开"命令，在"打开"对话框中选择人物素材，单击"打开"按钮，打开素材图片，如图2-2所示。

（2）将"背景"图层拖到"图层"控制面板下方的"创建新图层"按钮 ◻ 上进行复制，生成新的"背景副本"图层，如图2-3所示。

（3）在工具箱中选择缩放工具 ◻，或按快捷键Z，然后移动光标至图像窗口，这时光标显示为 ◻ 形状，在人物脸部按住鼠标并拖动，绘制一个虚线框，释放鼠标后，窗口放大显示人物脸部，如图2-4所示。

（4）选择工具箱中的套索工具 ◻，沿着人物鼻子绘制一个选区，如图2-5所示。

图2-2 打开的素材　　　　　图2-3 复制图层　　　　　图2-4 放大显示

（5）执行"选择"｜"修改"｜"羽化"命令，或按快捷键Shift+F6，弹出"羽化选区"对话框，设置参数如图2-6所示。单击"确定"按钮，退出该对话框。

（6）按Ctrl+J快捷键，复制选区至新的图层，如图2-7所示。

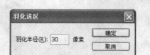

图2-5 建立选区　　　　図2-6 "羽化选区"对话框　　　图2-7 复制图形

（7）按快捷键Ctrl+T，进入自由变换状态，对象周围出现控制手柄后，将鼠标光标放于右侧控制手柄上，当鼠标指针变为↔状时，按住Alt键并向内拖动鼠标，将图像沿中心缩小，如图2-8所示。

（8）拖动至合适位置时释放鼠标，按Enter键确定操作，效果如图2-9所示。

图2-8 调整大小　　　　　　　图2-9 确定调整

（9）这时可以发现鼻翼位置显示出了原图形，过渡显得不自然。选中工具箱中的仿制图章工具，在选项栏中选择合适大小的画笔，然后移动光标至鼻翼位置，按下Alt键单击鼠标进行取样，此时的光标显示为⊕形状。松开Alt键，移动光标至鼻翼，按住鼠标左键涂抹，使过渡更加自然，效果如图2-10所示。

（10）按Ctrl+Shift+Alt+E组合键，盖印所有可见图层，图层面板如图2-11所示。

图2-10　涂抹鼻翼

图2-11　图层面板

（11）设置"图层2"图层的"混合模式"为"滤色"、"不透明度"为30%，图层面板如图2-12所示，此时图像效果如图2-13所示。

图2-12　设置图层属性

图2-13　"滤色"效果

将鼻子部分缩小后，为了使鼻子显示得更加立体和协调，在鼻翼附近建立选区，然后使用加深工具将选中的选区附近的图像加深。在设置加深工具选项栏中的曝光度时，数值不宜过大，为10%～20%左右即可，这样会使整个画面更加和谐，鼻子部分更加立体。

2.2　黑头去无踪——光滑鼻头

由于清洁和个人分泌等问题，黑头一直困扰着很多人，以至于他们不敢照近距离拍摄的照片。本实例通过使用套索工具、图层混合模式和"高斯模糊"命令，将人物鼻子上的黑头去掉，制作出光滑鼻头的照片效果，如图2-14所示。

（1）启用Photoshop后，执行"文件"|"打开"命令，在"打开"对话框中选择人物素材，单击"打开"按钮，打开素材，如图2-15所示。

图2-14 去黑头效果

（2）在工具箱中选择缩放工具 ⊕，或按快捷键Z，然后移动光标至图像窗口，这时光标显示为 ⊕ 形状，在人物鼻子部分按住鼠标并拖动，绘制一个虚线框，释放鼠标后，窗口放大显示人物鼻子部分，如图2-16所示。

 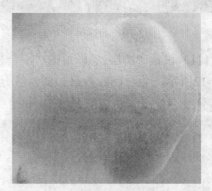

图2-15 人物素材　　　　　　　　　　　　图2-16 放大显示

（3）选择工具箱中的套索工具 ⊘，围绕鼻子范围单击并拖动鼠标，建立选区如图2-17所示。

（4）按Ctrl+J快捷键，复制选区至新的图层，如图2-18所示。

（5）设置图层的"混合模式"为"滤色"、"不透明度"为"40%"，图层面板如图2-19所示，图像效果如图2-20所示。

图2-17 建立选区　　　　　　图2-18 复制选区至新图层　　　　　图2-19 图层面板

技巧　直接按数字键可以快速设置图层的不透明度。按"1"设置10%不透明度，"5"为50%，以此类推，"0"为100%不透明度。按数字键，比如"85"，可设置不透明度为85%。

（6）单击图层面板上的"添加图层蒙版"按钮 ，可为"图层1"图层添加图层蒙版。编辑图层蒙版，设置前景色为黑色，选择画笔工具 ，按"["或"]"键调整合适的画笔大小，在鼻了边缘部分涂抹，使过渡更加真实自然，此时图层面板如图2-21所示，图像效果如图2-22所示。

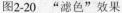

图2-20　"滤色"效果

图2-21　添加图层蒙版

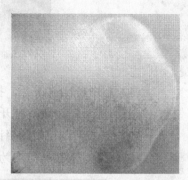

图2-22　添加图层蒙版效果

（7）在图层面板中单击选中"图层1"图层，按住鼠标将其拖动至"创建新图层"按钮 上，复制得到"图层1副本"图层，设置图层的"混合模式"为"正常"、"不透明度"为50%，如图2-23所示。

（8）选择"图层1副本"图层，执行"滤镜" | "模糊" | "高斯模糊"命令，弹出"高斯模糊"对话框，设置参数如图2-24所示。

（9）单击"确定"按钮，退出对话框，效果如图2-25所示。

图2-23　复制图层

图2-24　"高斯模糊"参数

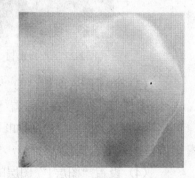

图2-25　"高斯模糊"效果

2.3　不要塌陷——制作挺拔的鼻梁

鼻子位于面部的中央位置，决定着整个面部的均衡状态，其形态、高度对美与丑起着重要的作用。鼻子是脸部最突出的五官，更是人们目光的焦点。本实例通过使用画笔工具和图层混合模式，制作挺拔的鼻梁效果，如图2-26所示。

图2-26 制作挺拔的鼻梁

（1）启用Photoshop后，执行"文件"|"打开"命令，在"打开"对话框中选择人物素材，单击"打开"按钮，打开素材，如图2-27所示。

（2）单击工具箱中的"设置前景色"色块，弹出"拾色器（前景色）"对话框，设置颜色为白色（RGB参考值均为250），如图2-28所示。

 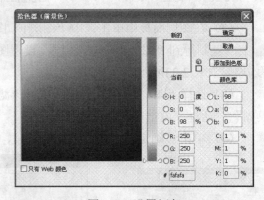

图2-27 人物素材   图2-28 设置颜色

（3）单击图层面板中的"创建新图层"按钮 ，新建一个图层，选择工具箱中的画笔工具 ，在工具选项栏中设置"硬度"为0%，"不透明度"和"流量"均为80%，在图像窗口中单击并拖动鼠标，绘制如图2-29所示的高光。在绘制的时候，可通过按"]"键和"["键调整画笔至合适的大小。

（4）设置"图层1"图层的"混合模式"为"柔光"、"不透明度"为53%，图层面板如图2-30所示，图像效果如图2-31所示。

（5）单击工具箱中的"设置前景色"色块，弹出"拾色器（前景色）"对话框，设置颜色为浅棕色，参数如图2-32所示。

（6）绘制鼻子的阴影，单击图层面板中的"创建新图层"按钮 ，新建"图层2"图层，选择工具箱中的画笔工具 ，绘制如图2-33所示的效果，在绘制的过程中，可运用橡皮擦工具 擦除多余的部分。

图2-29 绘制高光

图2-30 设置图层属性

图2-31 "柔光"效果

（7）设置"图层2"图层的"混合模式"为"变暗"、"不透明度"为25%，图层面板如图2-34所示，图像效果如图2-35所示。

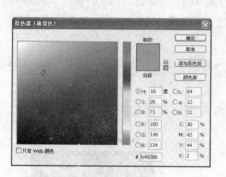

图2-32 设置颜色

图2-33 绘制阴影

图2-34 设置图层属性

（8）单击工具箱中的"设置前景色"色块，弹出"拾色器（前景色）"对话框，设置颜色为咖啡色，参数如图2-36所示。

图2-35 "变暗"效果

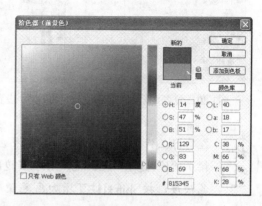

图2-36 设置颜色

（9）绘制鼻子的轮廓，单击图层面板中的"创建新图层"按钮，新建"图层3"图层，选择工具箱中的画笔工具，绘制如图2-37所示的效果，在绘制的过程中，可运用橡皮

擦工具 擦除多余的部分。

（10）设置"图层3"图层的"混合模式"为"变暗"、"不透明度"为12%，图层面板如图2-38所示，图像效果如图2-39所示。

图2-37 绘制轮廓

图2-38 设置图层属性

图2-39 "变暗"效果

（11）加深阴影和轮廓效果。按住Ctrl键的同时，分别单击"图层2"图层和"图层3"图层的缩览图，选中两个图层，按住鼠标将其拖动至"创建新图层"按钮 上，复制得到"图层2副本"图层和"图层3副本"图层，如图2-40所示。

（12）按Ctrl+E快捷键，合并"图层2副本"图层和"图层3副本"图层，得到"图层3副本"图层。

（13）设置"图层3副本"图层的"不透明度"为68%，图层面板如图2-41所示，图像效果如图2-42所示。

图2-40 复制图层

图2-41 设置图层属性

图2-42 最终效果

在实际工作中，可使用快捷键调整画笔的粗细和硬度：按下"["键可加粗画笔，按下"]"键可细化画笔。对于实边圆、柔边圆和书法画笔，按Shift+[键可减小画笔硬度；按Shift+]键可增加画笔硬度。

2.4 完美鼻形——制作纤细的鼻梁

因为鼻子骨架的原因，部分人的鼻形并不完美，本实例通过运用"液化"命令，制作纤细的鼻梁效果，如图2-43所示。

图2-43 制作纤细的鼻梁

（1）启动Photoshop CS4，执行"文件"|"打开"命令，在"打开"对话框中选择鼻子素材，单击"打开"按钮，打开素材，如图2-44所示。

（2）将"背景"图层拖到"图层"控制面板下方的"创建新图层"按钮 上进行复制，生成新的"背景副本"图层，如图2-45所示。

（3）执行"滤镜"|"液化"命令，弹出"液化"对话框，在左侧选择向前变形工具 ，在右侧"工具选项"面板中设置参数如图2-46所示。

图2-44 打开素材　　　图2-45 复制图层　　　图2-46 设置参数

（4）移动鼠标至如图2-47所示的位置，运用向前变形工具 向左拖动鼠标，进行变形，如图2-48所示。

图2-47 移动鼠标　　　图2-48 向左拖动鼠标

（5）移动鼠标至如图2-49所示的位置，继续运用向前变形工具 ，向右拖动鼠标，使过渡自然，得到如图2-50所示的效果。

图2-49　移动鼠标

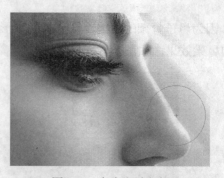

图2-50　向右拖动鼠标

（6）单击"确定"按钮，退出对话框，最终效果如图2-51所示。

图2-51　最终效果

2.5　还原皮肤颜色——去除红鼻尖

在较冷的环境中拍照，常常会出现红红的鼻尖，本实例通过使用套索工具、"自然饱和度"调整命令和"色彩平衡"调整命令，还原皮肤颜色，去除人物的红鼻尖，效果如图2-52所示。

图2-52　去除红鼻尖效果

（1）启用Photoshop后，执行"文件"|"打开"命令，在"打开"对话框中选择人物素材，单击"打开"按钮，打开素材，如图2-53所示。

（2）在工具箱中选择缩放工具，或按快捷键Z，然后移动光标至图像窗口，这时光标显示为形状，在人物脸部按住鼠标并拖动，绘制一个虚线框，释放鼠标后，窗口放大显示人物脸部，如图2-54所示。

图2-53 人物素材

图2-54 放大显示

（3）选择工具箱中的套索工具，围绕鼻子范围单击并拖动鼠标，建立选区，如图2-55所示。

（4）按快捷键Shift+F6，弹出"羽化选区"对话框，设置参数如图2-56所示。单击"确定"按钮，退出该对话框。

图2-55 建立选区

图2-56 "羽化选区"对话框

（5）按Ctrl+J快捷键，复制选区至新的图层，系统自动生成"图层1"图层，图层面板如图2-57所示。

（6）单击"调整"面板中的"自然饱和度"按钮▽，系统自动添加一个"自然饱和度"调整图层，设置参数如图2-58所示。

（7）按Ctrl+Alt+G快捷键，创建剪贴蒙版，使此调整只作用于鼻子图像，此时图像效果如图2-59所示。

（8）单击"调整"面板左下角的"返回到调整列表"按钮，返回到"调整"面板后单击"色彩平衡"按钮，调整图像色彩平衡，在"调整"面板中设置参数如图2-60所示。

图2-57　复制选区
　　　　内的图形

图2-58　调整"自然饱和
　　　　度"参数

图2-59　"自然饱和度"调整效果

（9）单击"调整"面板中的 ◉ 按钮，创建剪贴蒙版，使此调整只作用于鼻子素材图像，此时图像效果如图2-61所示。

图2-60　"色彩平衡"参数调整

图2-61　去除红鼻尖后的效果

第3章

嘴唇部分和脸形的美容

嘴唇是脸部表情变化最丰富的部位，嘴唇的美丽与否，直接关系到面部的整体效果。嘴唇的干燥、开裂、无光泽都是美容的大忌。那么怎么样才能拥有迷人性感的双唇呢？本章通过几个实例，详细介绍人物嘴唇部分的美容。

很多朋友一直对自己的脸形不是很满意，所以修改脸型就成为了必需的技能。Photoshop可以轻松修改脸型，修改后的照片中你可以变成小脸美女！本章通过3个实例，详细介绍人物脸形的美容。

3.1 "唇唇"欲动之诱人唇色——打造性感双唇

美丽性感的双唇是很多女性梦想拥有的。本实例运用画笔工具、橡皮擦工具和图层混合模式等，为人物打造性感双唇，效果如图3-1所示。

图3-1　打造性感双唇

（1）启用Photoshop后，执行"文件"｜"打开"命令，在"打开"对话框中选择人物素材，单击"打开"按钮，打开素材，如图3-2所示。

（2）单击工具箱中的"设置前景色"色块，弹出"拾色器（前景色）"对话框，设置颜色为红色，参数如图3-3所示。

（3）选择工具箱中的画笔工具 ✐，移动鼠标至图像窗口中人物嘴唇部分涂抹，绘制效果如图3-4所示。绘制的时候，可运用工具箱中的橡皮擦工具 ✐，擦除多余的部分。

图3-2　人物素材

图3-3　设置颜色

图3-4　涂抹口红

（4）在图层面板中设置"图层1"图层的"混合模式"为"线性加深"、"不透明度"为75%，如图3-5所示。

（5）图像效果如图3-6所示。

图3-5　设置图层属性

图3-6　最终效果

 按下Caps Lock键可以在绘画时快速切换光标显示方式。

3.2　闪亮彩妆之璀璨亮唇——制作闪亮唇彩

对人像照而言，嘴唇可以说是仅次于眼睛的重要特征。干燥的嘴唇总不如丰润的嘴唇来得吸引人，可是偏偏不是每个人都那么得天独厚，既有完美的唇型，化妆技术又十分到家！不过没关系，因为Photoshop就是最高明的化妆师！

本实例为人物添加闪亮唇彩，效果如图3-7所示。首先使用磁性套索工具建立嘴唇的选区，新建图层并填充颜色，为图形添加滤镜效果，设置图层的混合模式，最后添加图层蒙版。

（1）启用Photoshop后，执行"文件"|"打开"命令，在"打开"对话框中选择人物素材，单击"打开"按钮，打开素材，如图3-8所示。

（2）选择工具箱中的磁性套索工具，围绕人物嘴唇范围单击并拖动鼠标，建立选区，如图3-9所示。

图3-7 制作闪亮唇彩

（3）继续运用磁性套索工具，按下工具选项栏中的"从选区减去"按钮，围绕人物牙齿范围单击并拖动鼠标，减去对牙齿部分的选择，得到人物嘴唇的选区，如图3-10所示。

图3-8 人物素材　　　　　图3-9 建立选区　　　　　图3-10 减去选区

（4）执行"选择"|"修改"|"收缩"命令，弹出"收缩选区"对话框，设置参数如图3-11所示。单击"确定"按钮，退出该对话框。

（5）执行"选择"|"修改"|"羽化"命令，或按快捷键Shift+F6，弹出"羽化选区"对话框，设置参数如图3-12所示。单击"确定"按钮，退出该对话框。

（6）单击工具箱中的"设置前景色"色块，弹出"拾色器（前景色）"对话框，设置颜色为浅红色，参数如图3-13所示，单击"确定"按钮，关闭对话框。

图3-11 "收缩选区"对话框

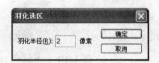

图3-12 "羽化选区"对话框

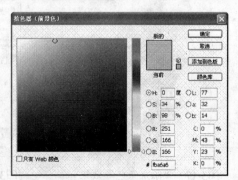

图3-13 设置颜色

（7）单击图层面板中的"创建新图层"按钮 ，新建一个图层，得到"图层1"图层，如图3-14所示。

（8）按Alt+Delete快捷键，填充前景色，效果如图3-15所示，执行"选择"|"取消选择"命令，或按Ctrl+D快捷键，取消选择。

（9）执行"滤镜"|"杂色"|"添加杂色"命令，弹出"添加杂色"对话框，设置参数如图3-16所示。

图3-14　新建图层

图3-15　填充颜色

图3-16　"添加杂色"参数设置

> 提示：在"添加杂色"对话框中，选择"单色"复选框后，添加的杂色即以黑白效果显示，如果取消对"单色"复选框的选择，添加的杂色就会出现不同的颜色。

（10）单击"确定"按钮，关闭对话框，添加杂色的图像效果如图3-17所示。

（11）在图层面板中设置"图层1"图层的"混合模式"为"颜色加深"、"不透明度"为20%，图层面板如图3-18所示，图像效果如图3-19所示。

（12）按住Ctrl键的同时，单击"图层1"图层的缩览图，载入选区，单击选择背景图层，按Ctrl+C快捷键复制选区内的图形，单击图层面板中的"创建新图层"按钮 ，新建一个图层，得到"图层2"图层，按Ctrl+V快捷键粘贴选区内的图形，并将"图层2"图层置于顶层，图层面板如图3-20所示。

图3-17　"添加杂色"效果

图3-18　设置图层属性

图3-19　"颜色加深"效果

（13）在图层面板中设置"图层2"图层的"混合模式"为"滤色"，图层面板如图3-21所示，图像效果如图3-22所示。

图3-20 复制选区

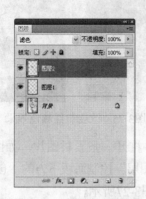

图3-21 设置图层属性

图3-22 "滤色"效果

（14）单击图层面板上的"添加图层蒙版"按钮 ，为"图层2"图层添加图层蒙版。按D键，恢复前景色和背景色为默认的黑白颜色，按Ctrl+Delete快捷键，填充蒙版为黑色，然后选择画笔工具，在人物嘴唇高光部分涂抹，此时图层面板如图3-23所示，人物效果如图3-24所示。

图3-23 添加图层蒙版

图3-24 高光效果

 在Photoshop中，蒙版就是遮罩，它控制着图层或图层组中的不同区域如何隐藏和显示。通过更改蒙版，可以对图层应用各种特殊效果，而不会影响该图层上的实际像素。蒙版是灰度图像，我们可以像编辑其他图像那样来编辑蒙版。在蒙版中，用黑色绘制的内容将会隐藏，用白色绘制的内容将会显示，而用灰色绘制的内容将以各级度显示。

3.3 意想不到的惊艳——改变口红颜色

不同的服装需要搭配不同的妆容，而选择准确的口红颜色更能为妆容锦上添花。本实例通过使用磁性套索工具建立嘴唇的选区，运用"色相/饱和度"调整命令为人物改变口红颜色，

效果如图3-25所示。

图3-25　改变口红颜色效果

（1）启动Photoshop CS4，并打开一张素材图片，如图3-26所示。

（2）将"背景"图层拖到"图层"控制面板下方的"创建新图层"按钮 上进行复制，生成新的"背景副本"图层，如图3-27所示。

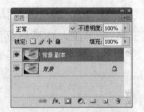

图3-26　打开素材　　　　　　　　　　　　图3-27　复制图层

（3）选择工具箱中的磁性套索工具 ，围绕人物嘴唇范围单击并拖动鼠标，建立选区如图3-28所示。

（4）继续运用磁性套索工具 ，按下工具选项栏中的"从选区减去"按钮 ，围绕人物牙齿范围单击并拖动鼠标，减去对牙齿部分的选择，得到人物嘴唇部分的选区，如图3-29所示。

图3-28　建立选区　　　　　　　　　　　　图3-29　减去选区

图3-30　"羽化选区"参数

（5）执行"选择"｜"修改"｜"羽化"命令，按快捷键Shift+F6，弹出"羽化选区"对话框，设置参数如图3-30所示。单击"确定"按钮，退出该对话框。

（6）按Ctrl+U快捷键，弹出"色相/饱和度"对话框，在该对话框中进行参数设置，如图3-31所示。单击"确定"按钮，退出该对话框，效果如图3-32所示。

（7）执行"选择"|"取消选择"命令，或按Ctrl+D快捷键，取消选择。

图3-31 "色相/饱和度"参数

图3-32 调整"色相/饱和度"后的效果

 运用颜色替换工具也可快速改变人物口红的颜色，首先设置好前景色，然后运用颜色替换工具在嘴唇部分拖动鼠标，即可替换口红为设置的颜色。

3.4 貌美牙为先，齿白七分俏——美白人物牙齿

使用数码相机拍摄时，拍摄人物的第一个动作是什么？第一个动作就是"笑"。只有面带笑容的照片才显得美丽而自然，谁也不希望自己拍摄出的照片面无表情，死板无味吧。但问题出来了，我们可不是5000年前的古代人"笑不露齿"，面对镜头微笑的时候你的牙齿会被非常精准和清晰地拍摄下来。

此时，你是否会为了照片上"带有黄斑的牙齿"而发愁呢？其实通过Photoshop CS4强大的数码照片处理工具，以上的问题都可以迎刃而解。我们可以在数码照片拍摄成型后，在数码冲印前，将"泛黄"的部分清洗掉。这样我们冲洗出的照片将会得到美丽而亮白的牙齿，为你添加自信。

在本实例中我们可以看见照片修改前与修改后的图片对比，在去除过程中主要运用了套索工具，抠选出人物的牙齿部分，然后通过"去色"、"亮度/对比度"、"色彩平衡"等一系列调整命令，对牙齿进行美白处理，效果如图3-33所示。

图3-33 牙齿美白效果

（1）启动Photoshop CS4，并打开一张素材图片，选择工具箱中的磁性套索工具，围绕牙齿单击并拖动鼠标，选择如图3-34所示的图像区域。

（2）执行"图像"|"调整"|"去色"命令，去掉选区图形的颜色，如图3-35所示，此时黄色的牙斑已经被去掉。

图3-34　建立选区

图3-35　去色

提示 在牙齿的勾选中，我们除了使用磁性套索工具外，还可以使用Photoshop中最具特色的快速选择工具来选取。

（3）执行"图像"|"调整"|"亮度/对比度"命令，打开"亮度/对比度"对话框，在对话框中分别设置"亮度"为40，设置"对比度"为40，如图3-36所示，单击"确定"按钮，关闭对话框。

（4）执行"图像"|"调整"|"色彩平衡"命令，打开"色彩平衡"对话框，在对话框中调整"红色"为50，如图3-37所示，单击"确定"按钮，关闭对话框。

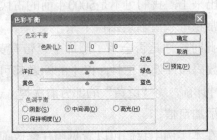

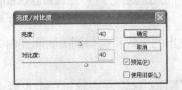
图3-36　"亮度/对比度"对话框

图3-37　"色彩平衡"对话框

图3-38　调整效果

（5）调整"色彩平衡"后，按Ctrl+D组合键取消选区，制作完成的最终效果如图3-38所示。

提示 这里调整色彩平衡的目的是将美白后的牙齿与人物的面部有机的结合起来，让它们更好地融合在一起。

3.5 请大胆地笑出来——修补牙齿

本实例主要通过使用磁性套索工具、移动工具、"自由变换"命令和添加图层蒙版等操作，为人物修补牙齿，效果如图3-39所示。首先运用磁性套索工具选择口腔中一颗完好的牙齿，将选区的牙齿复制至新的图层中，然后运用移动工具移动位置，运用"自由变换"命令调整大小和角度，再添加图层蒙版并擦除多余的部分，即可完成实例的制作。

图3-39 修补牙齿效果

（1）启用Photoshop后，执行"文件"|"打开"命令，在"打开"对话框中选择人物素材，单击"打开"按钮，打开素材，如图3-40所示。

（2）在工具箱中选择缩放工具，或按快捷键Z，然后移动光标至图像窗口，这时光标显示为形状，在人物脸部按住鼠标并拖动，绘制一个虚线框，释放鼠标后，窗口放大显示人物脸部，如图3-41所示。

图3-40 人物素材 　　图3-41 放大显示

（3）选择工具箱中的磁性套索工具，围绕人物左侧一颗完整的牙齿单击并拖动鼠标，建立选区如图3-42所示。

（4）选择背景图层，按Ctrl+C快捷键复制选区内的图形，单击图层面板中的"创建新图层"按钮，新建一个图层，得到"图层2"图层，按Ctrl+V快捷键粘贴选区内的图形，如图3-43所示。

图3-42 建立选区

（5）选择工具箱中的移动工具，移动复制的牙齿位置，放置在右侧缺口位置，如图3-44所示。

图3-43　建立图层

图3-44　移动复制图形位置

图3-45　调整图形

（6）按Ctrl+T快捷键，进入自由变换状态，单击鼠标右键，在弹出的快捷菜单中选择"水平翻转"选项，水平翻转图形，再调整图形的大小和角度，调整完成后按Enter键确认，得到如图3-45所示的效果。

（7）单击图层面板上的"添加图层蒙版"按钮，为"图层1"图层添加图层蒙版，设置前景色为黑色，选择画笔工具，在人物牙齿的上半部分涂抹，此时图层面板如图3-46所示，人物效果如图3-47所示。

图3-46　添加图层蒙版

图3-47　最终效果

3.6　拥有一口整齐的牙齿——缩小门牙

如果照片中的人物有两颗大门牙，就会影响人物的整体形象，本实例将为照片中的人物打造一口整齐的牙齿，效果如图3-48所示。首先运用磁性套索工具选择门牙，将选区的牙齿复制至新的图层中，然后运用"自由变换"命令缩小门牙，运用仿制图章工具擦除多余的部分即可完成实例的制作。

图3-48 缩小门牙效果

（1）启用Photoshop后，执行"文件"｜"打开"命令，在"打开"对话框中选择人物素材，单击"打开"按钮，打开素材图片，如图3-49所示。

（2）在工具箱中选择缩放工具，或按快捷键Z，然后移动光标至图像窗口，这时光标显示为形状，在人物脸部按住鼠标并拖动，绘制一个虚线框，释放鼠标后，窗口放大显示人物脸部，如图3-50所示。

图3-49 人物素材　　　　　　　　　　　图3-50 放大显示

（3）选择工具箱中的磁性套索工具，围绕人物门牙单击并拖动鼠标，建立选区如图3-51所示。

（4）选择背景图层，按Ctrl+C快捷键复制选区内的图形，单击图层面板中的"创建新图层"按钮，新建一个图层，得到"图层1"图层，按Ctrl+V快捷键粘贴选区内的图形，如图3-52所示。

图3-51 建立选区　　　　　　　　　　　图3-52 复制选区

（5）按Ctrl+T快捷键，进入自由变换状态，对象周围出现控制手柄，将鼠标光标放于控制手柄上，当鼠标指针变为↗状时，按住Shift+Alt快捷键的同时拖动鼠标，缩小门牙，如图3-53所示。

（6）调整完成后按Enter键确认，得到如图3-54所示的效果。

图3-53　缩小门牙

图3-54　确认调整

（7）在图层面板中单击选中"背景"图层，按住鼠标将其拖动至"创建新图层"按钮上，复制得到"背景副本"图层，将图层顺序放置在"图层1"图层的下方，图层面板如图3-55所示。

（8）选中工具箱中的仿制图章工具，在选项栏中选择合适大小的画笔，然后移动光标至图像窗口牙龈位置，按下Alt键单击鼠标进行取样。然后松开Alt键，移动光标至门牙边缘，按住鼠标左键涂抹，门牙边缘被涂抹擦除，效果如图3-56所示。

图3-55　复制图层

图3-56　涂抹后的效果

3.7　你也能有樱桃小嘴——减小双唇

本实例使用套索工具选择人物嘴唇，再通过复制图形至新的图层，运用"自由变换"命令缩小嘴唇形状，效果如图3-57所示。

（1）启用Photoshop后，执行"文件"|"打开"命令，在"打开"对话框中选择人物素材，单击"打开"按钮，打开素材，如图3-58所示。

（2）选择工具箱中的套索工具，沿着人物嘴唇绘制一个选区，如图3-59所示。

（3）执行"选择"|"修改"|"羽化"命令，或按快捷键Shift+F6，弹出"羽化选区"对话框，设置参数如图3-60所示。单击"确定"按钮，退出该对话框。

图3-57 减小双唇效果

图3-58 打开素材　　　　　　　　　　　　　　图3-59 建立选区

（4）按Ctrl+J快捷键，复制选区至新的图层，按快捷键Ctrl+T，进入自由变换状态，对象周围出现控制手柄，将鼠标光标放于控制手柄上，当鼠标指针变为↗状时，按住Alt+Shift键并向里拖动鼠标，将图像沿中心等比例缩小，如图3-61所示。

图3-60 "羽化选区"对话框

（5）拖动至合适位置时释放鼠标，按Enter键确定操作，完成缩小操作，效果如图3-62所示。

图3-61 调整大小　　　　　　　　　　　　　图3-62 确定调整

3.8 打造模特般丰满的美唇——加厚双唇

本实例通过运用钢笔工具和仿制图章工具将较薄的嘴唇打造出丰满的美感，效果如图3-63所示。

图3-63　加厚双唇

（1）启用Photoshop后，执行"文件"|"打开"命令，在"打开"对话框中选择人物素材，单击"打开"按钮，打开素材，如图3-64所示。

（2）在图层面板中单击选中背景图层，按住鼠标将其拖动至"创建新图层"按钮 ⬜ 上，复制得到背景副本图层，如图3-65所示。

（3）在工具箱中选择缩放工具 🔍，或按快捷键Z，然后移动光标至图像窗口，这时光标显示为 🔍 形状，在人物脸部按住鼠标并拖动，绘制一个虚线框，释放鼠标后，窗口放大显示人物脸部，如图3-66所示。

图3-64　人物素材　　　　图3-65　图层面板　　　　图3-66　放大显示

图3-67　绘制路径

（4）选择工具箱中的钢笔工具 ✒，在人物的嘴唇部分单击并拖动鼠标，绘制如图3-67所示的路径。

（5）按Ctrl+Enter快捷键，将路径转换为选区，如图3-68所示。

（6）执行"选择"|"修改"|"羽化"命令，或按Shift+F6快捷键，弹出"羽化选区"对话框，设置"羽化半径"为"2像素"，如图3-69所示，单击"确定"按钮，退出对话框。

图3-68　建立选区

图3-69　"羽化选区"对话框

 如果选区小而羽化半径大，则小选区可能会变得非常模糊，以致于看不清，此时
应减小羽化半径或增大选区。本实例中对选区的"羽化半径"值不宜设置得过大。

（7）选择工具箱中的仿制图章工具，在工具选项栏中选择合适大小的画笔，按住Alt
键的同时，在如图3-70所示的位置单击鼠标，进行取样，此时的光标显示为形状。

（8）释放Alt键，移动光标至上侧的嘴唇上，按住鼠标左键并拖动进行涂抹，如图3-71
所示。

图3-70　取样

图3-71　涂抹嘴唇

（9）继续运用仿制图章工具，涂抹嘴唇，效果如图3-72所示。

（10）执行"选择"|"取消选择"命令，或按Ctrl+D快捷键，取消选择，效果如图3-73
所示。

图3-72　继续涂抹嘴唇

图3-73　取消选择

3.9 精致小脸DIY——修正方形脸

本实例运用"液化"命令中的向前变形工具沿着人物脸部外轮廓向内修改，从而可为人物修正方形脸，效果如图3-74所示。

图3-74 修正方形脸

（1）启动Photoshop CS4，并打开一张素材图片，如图3-75所示。

（2）将"背景"图层拖到"图层"控制面板下方的"创建新图层"按钮 上进行复制，生成新的"背景副本"图层，如图3-76所示。

（3）执行"滤镜"｜"液化"命令，弹出"液化"对话框，在左侧选择向前变形工具，在右侧"工具选项"面板中设置参数如图3-77所示。

图3-75 打开素材　　　　　　图3-76 复制图层　　　　　　图3-77 设置参数

（4）移动鼠标至人物脸部的边缘，运用向前变形工具向右侧拖动鼠标，进行变形，如图3-78所示。

（5）继续运用向前变形工具，变形人物的另一侧脸型，得到如图3-79所示的效果，单击"确定"按钮，退出对话框。

在打开的"液化"对话框中可以选择对话框左侧的缩放工具，将图像调整至合适的大小比例，然后根据画面和调整部分的位置，设置选中工具的画笔大小和其他参数，再小心拖动鼠标调整图像。

图3-78　变形操作

图3-79　变形的效果

3.10　打造骨感小脸颊——去掉高颧骨

本实例主要运用减淡工具和修补工具为人物去掉高颧骨，效果如图3-80所示。

图3-80　去掉高颧骨

（1）启动Photoshop CS4，并打开一张素材图片，如图3-81所示。

（2）将"背景"图层拖到"图层"控制面板下方"创建新图层"按钮 上进行复制，生成新的"背景副本"图层，如图3-82所示。

（3）在工具箱中选择缩放工具 ，或按快捷键Z，然后移动光标至图像窗口，这时光标显示为 形状，在人物脸部按住鼠标并拖动，绘制一个虚线框，释放鼠标后，窗口放大显示人物脸部，如图3-83所示。

（4）选择工具箱中的减淡工具 ，在工具选项栏中设置"范围"为"中间调"、"曝光度"为15%，如图3-84所示。

图3-81　打开素材

图3-82　复制图层

图3-83　放大显示

（5）将鼠标移至右侧脸部，运用减淡工具涂抹即可减淡该位置的图像颜色，效果如图3-85所示。

图3-84　工具选项栏

图3-85　减淡效果

（6）选择工具箱中的修补工具，在颧骨范围单击并拖动鼠标，如图3-86所示，选择需要修补的图像区域。

（7）移动光标至选区上方，当光标显示为形状时按住鼠标拖动至采样图像区域，如图3-87所示。

图3-86　绘制选区

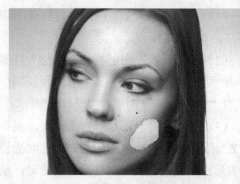

图3-87　采样

（8）释放鼠标后，可以使用该区域的图像修补原选区内的图像，如图3-88所示。

（9）运用同样的操作方法，继续绘制并修补，修补完成后按Ctrl+D快捷键取消选择，完成实例的制作，最终效果如图3-89所示。

图3-88 修补效果

图3-89 最终效果

3.11 不要胖乎乎的下巴——去掉双下巴

本实例使用钢笔工具绘制路径，再转换路径为选区，然后自由调整选区内的图像，最后运用修补工具修补图像，去掉人物的双下巴，效果如图3-90所示。

图3-90 去掉双下巴

（1）启用Photoshop后，执行"文件"|"打开"命令，在"打开"对话框中选择人物素材，单击"打开"按钮，打开素材，如图3-91所示。

（2）将"背景"图层拖到"图层"控制面板下方"创建新图层"按钮 ⬚ 上进行复制，生成新的"背景副本"图层，如图3-92所示。

（3）在工具箱中选择缩放工具 🔍，或按快捷键Z，然后移动光标至图像窗口，这时光标显示为 ⊕ 形状，在人物脸部按住鼠标并拖动，绘制一个虚线框，释放鼠标后，窗口放大显示人物脸部，如图3-93所示，方便于后面的操作。

（4）选择工具箱中的钢笔工具 ✎，沿着人物下巴绘制如图3-94所示的路径。

图3-91 素材

图3-92　复制图层

图3-93　放大显示

（5）单击鼠标右键，在弹出的快捷菜单中选择"建立选区"选项，在弹出的"建立选区"对话框中设置参数，如图3-95所示。单击"确定"按钮，转换路径为选区，如图3-96所示。

图3-94　绘制路径

图3-95　"建立选区"对话框

（6）按Ctrl+J快捷键，复制选区至新的图层，按快捷键Ctrl+T，进入自由变换状态，对象周围出现控制手柄，将鼠标光标放于控制手柄上，当鼠标指针变为状时，按住Alt+Shift键并向外拖动鼠标，将图像沿中心等比例放大，如图3-97所示。

图3-96　转换选区

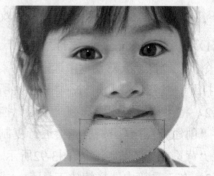

图3-97　放大选区

（7）拖动至合适位置时释放鼠标，按Enter键确定操作，按住鼠标并向左拖动，调整图形位置，效果如图3-98所示。

（8）选择工具箱中的修补工具，在图像窗口中单击并拖动鼠标，选择需要修补的图像区域，如图3-99所示。

（9）移动光标至选区上方，当光标显示为形状时，按住鼠标并拖动至采样图像区域，如图3-100所示。

图3-98 调整图形位置

图3-99 选择选区

（10）释放鼠标后，可以使用该区域的图像修补原选区内的图像，如图3-101所示。

图3-100 进行采样

图3-101 修补图像

（11）运用同样的操作方法，修补图像，修补完成后执行"选择"|"取消选择"命令或按下Ctrl+D快捷键，取消选择，效果如图3-102所示。

图3-102 取消选择

第4章

人物头发的修饰

想尝试将头发改变一下造型，但是又怕万一做出来不适合自己，后悔了怎么办？就让Photoshop来帮你吧！有了Photoshop，不论你想染色、变成卷发、挑染头发、换发型，甚至漂染成一头白发都没有关系，就算最后想要毁灭证据也是轻而易举。

4.1　发的魅力——打造卷发效果

本实例主要通过使用"切变"滤镜为人物打造卷发效果，如图4-1所示。先使用"色彩范围"命令将头发选择出来，使用"切变"滤镜打造卷发效果，再添加图层蒙版擦除多余的部分，绘制白色矩形隐藏原来的直发。

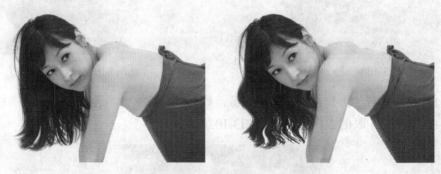

图4-1　打造卷发效果

（1）启用Photoshop后，执行"文件"|"打开"命令，在"打开"对话框中选择人物素材，单击"打开"按钮，打开素材，如图4-2所示。

（2）选择工具箱中的矩形选框工具▭，在图像窗口中按住鼠标并拖动，绘制一个矩形选区，如图4-3所示。

图4-2　人物素材

图4-3　绘制选区

（3）按**Ctrl+J**快捷键，将矩形内的图形复制至新的图层中，单击背景图层前面的按钮，隐藏该图层，图层面板如图4-4所示，图像效果如图4-5所示。

图4-4　复制选区

图4-5　选择头发

（4）执行"选择"|"色彩范围"命令，弹出"色彩范围"对话框，按下对话框右侧的吸管按钮，移动光标至图像窗口中的背景位置单击鼠标。当需要增加选取区域或其他颜色时，按下带有"+"号的吸管按钮，然后在图像窗口或预览框中单击以添加选取范围；若要减少选取范围，可按下带有"－"号的吸管按钮，在图像窗口或预览框中单击以减小选取范围，如图4-6所示。

（5）单击"确定"按钮，退出"色彩范围"对话框，得到如图4-7所示的选区。

图4-6　"色彩范围"对话框

图4-7　选择背景

（6）按**Delete**键，删除选区内的图形，执行"选择"|"取消选择"命令，或按**Ctrl+D**快捷键，取消选择，得到如图4-8所示的效果。

（7）选择工具箱中的橡皮擦工具，在人物眼睛部分涂抹，擦除人物的眼睛，如图4-9所示。

（8）执行"滤镜"|"扭曲"|"切变"命令，弹出"切变"对话框，运用鼠标在编辑框内的直线段上单击添加点，然后调整位置，如图4-10所示。

图4-8　删除背景

（9）单击"确定"按钮，退出"切变"对话框，得到如图4-11所示的卷发效果。

图4-9　擦除眼睛　　　　图4-10　"切变"对话框　　　　图4-11　卷发效果

（10）单击背景图层前面的按钮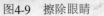，显示该图层，效果如图4-12所示。

（11）单击图层面板上的"添加图层蒙版"按钮，为"图层1"图层添加图层蒙版，设置前景色为黑色，选择画笔工具，按"["或"]"键调整合适的画笔大小，在人物头发上边缘涂抹，擦除多余部分，使过渡更加自然，图层面板如图4-13所示，图像效果如图4-14所示。

图4-12　显示图层　　　　　　　　　图4-13　添加图层蒙版

（12）单击图层面板中的"创建新图层"按钮，新建"图层2"图层，调整"图层2"图层的顺序为背景图层的上一层，如图4-15所示。

图4-14　图层蒙版效果　　　　　　　　图4-15　创建新图层

（13）选择工具箱中的矩形选框工具，在图像窗口中按住鼠标并拖动，绘制一个矩形选区，如图4-16所示。

（14）单击工具箱中的前景色色块，在弹出的"拾色器（前景色）"对话框中设置前景色为白色（RGB参考值均为250），单击"确定"按钮，退出对话框。

（15）按Alt+Delete快捷键，填充颜色，执行"选择"|"取消选择"命令，或按Ctrl+D快捷键，取消选择，得到如图4-17所示的效果。

图4-16 绘制选区

图4-17 填充颜色的效果

4.2 为头发染色——更改头发颜色

当我们在大街小巷中散步的时候，看着身边来来往往的时尚人士，把头发都染成了各种各样的颜色，有褐色、红色、栗色等，很是好看。不过很多人在头一次染发的时候，没有勇气去尝试，因为不知道哪种颜色适合自己，而且怕万一效果不满意，或者损伤了发质，浪费了金钱。

不如我们先在电脑中设计一下，找出最合适的颜色效果，再到发型屋去！本实例的效果如图4-18所示。

图4-18 更改头发颜色

（1）启动Photoshop CS4，并打开如图4-19所示的素材。

（2）单击"前景色"色块，弹出"拾色器（前景色）"对话框，如图4-20所示，在其中设置前景色为红色（RGB参考值分别为R136、G72、B42）。单击"确定"按钮，退出对话框。

图4-19　人物素材

图4-20　设置颜色

（3）选择画笔工具，单击图层面板中的"创建新图层"按钮，新建一个图层，在头发上涂抹，如图4-21所示。

（4）设置图层的"混合模式"为"颜色"，效果如图4-22所示。

图4-21　涂抹红色

图4-22　"颜色"效果

（5）单击图层面板上的"添加图层蒙版"按钮，为"图层1"图层添加图层蒙版，设置前景色为黑色，选择画笔工具，按"["或"]"键调整合适的画笔大小，在人物头发边缘涂抹。

（6）设置图层的"不透明度"为80%，此时图层面板如图4-23所示，最终效果如图4-24所示。

图4-23　图层面板

图4-24　最终效果

4.3 换换发型——变换人物发型

本实例通过使用通道抠图、"自由变换"命令、仿制图章工具为人物换发型，如图4-25所示。先运用通道抠图，选择喜欢的发型，将其添加至照片中，然后运用"自由变换"命令调整发型与照片中的人物融合，最后运用仿制图章工具做细节处理。

图4-25 变换人物发型

（1）启用Photoshop后，执行"文件"|"打开"命令，在"打开"对话框中选择人物素材，单击"打开"按钮，如图4-26所示。

（2）切换至"通道"面板，分别单击查看"红"、"绿"和"蓝"颜色通道，因为绿通道黑白对比最强烈，所以选择绿通道，如图4-27所示。

图4-26 人物素材　　　　　　　　　　　图4-27 选择绿通道效果

通道面板是创建和编辑通道的主要场所。打开一幅图像文件，选择"窗口"|"通道"命令，在Photoshop窗口中即可看到通道面板。

通道面板用来创建、保存和管理通道。当我们打开一个新的图像时，Photoshop会在通道面板中自动创建该图像的颜色信息通道，通道名称的左侧显示了通道内容的缩览图，在编辑通道时缩览图会自动更新。

（3）拖动"绿"通道至"创建新通道"按钮 🔲，复制得到"绿副本"通道，如图4-28所示。通道中的白色代表选取区域，黑色代表未选取区域。

（4）按下Ctrl+L快捷键，打开"色阶"调整对话框，向右移动阴影滑块，将灰色背景调整为黑色，向左移动白色滑块，使黑白对比更为明显，如图4-29所示，效果如图4-30所示。

图4-28　复制绿通道　　　　　　　　图4-29　"色阶"调整对话框

（5）执行"图像"|"调整"|"曲线"命令，在弹出的"曲线"对话框中调整曲线，如图4-31所示，头发将从背景中分离，效果如图4-32所示。

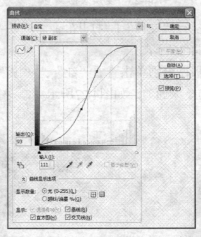

图4-30　"色阶"调整效果　　　　图4-31　"曲线"对话框　　　　图4-32　"曲线"调整效果

 一些常用的菜单命令右侧显示有该命令的快捷键，如"曲线"命令的快捷键为Ctrl+M，在键盘上按下Ctrl+M键，可以快速打开"曲线"对话框。有意识地记忆一些常用命令的快捷键，有利于加快操作速度、提高工作效率。

（6）选择画笔工具 ✐，设置前景色为白色，将背景绘制成白色，如图4-33所示。

（7）继续运用画笔工具 ✐，设置前景色为黑色，在头发内部区域涂抹，将没有调整的区域转换为选区，如图4-34所示。因为图像边缘已经进行了色阶调整，因此在使用画笔工具涂抹时会非常轻松。

（8）检查修改完成之后，按住Ctrl键的同时单击"绿副本"通道，载入通道选区，然后返回图层面板，按Ctrl+Shift+I快捷键，进行反向，得到头发的选区，如图4-35所示。

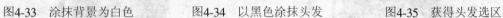

图4-33　涂抹背景为白色　　　　图4-34　以黑色涂抹头发　　　　图4-35　获得头发选区

　　（9）执行"文件"|"打开"命令，在"打开"对话框中选择另一张人物素材，单击"打开"按钮，打开素材，如图4-36所示。

　　（10）运用移动工具，将人物素材添加至之前的人物文件中，调整好大小和位置，得到如图4-37所示的效果。

　　（11）执行"编辑"|"变换"|"水平翻转"命令，水平翻转头发，效果如图4-38所示。

图4-36　人物素材　　　　　　图4-37　加入素材　　　　　　图4-38　水平翻转

　　（12）执行"编辑"|"变换"|"变形"命令，调整头发，调整完成后按Enter键确认，使头发与人更加融合，如图4-39所示。

　　（13）单击图层面板上的"添加图层蒙版"按钮，为头发图层添加图层蒙版，设置前景色为黑色，选择画笔工具，按"["或"]"键调整合适的画笔大小，在人物耳朵上涂抹，图像效果如图4-40所示。

图4-39　进行变形操作

（14）在通道抠图的时候，选择原头发图像中的眉毛，下面用仿制图章工具🖳擦除。选中工具箱中的仿制图章工具🖳，在选项栏中选择合适大小的画笔，然后移动光标至图像窗口中的发丝位置，按下Alt键单击鼠标进行取样，此时的光标显示为⊕形状。松开Alt键，移动光标至头发中的眉毛上，按住鼠标左键涂抹，眉毛被涂抹擦除，如图4-41所示。

图4-40　添加图层蒙版　　　　　　　　　　图4-41　擦除眉毛的效果

4.4　让头发色彩飞扬——打造绚彩挑染头发

本实例首先设置前景色为需要挑染的颜色，然后运用画笔工具沿着头发生长的方向绘制线条，最后将图层混合模式设置为"饱和度"，得到绚彩挑染的头发效果，如图4-42所示。

图4-42　打造绚彩挑染的头发效果

（1）启用Photoshop后，执行"文件"|"打开"命令，在"打开"对话框中选择人物素材，单击"打开"按钮，打开素材图片，如图4-43所示。

（2）在工具箱中选择缩放工具🔍，或按快捷键Z，然后移动光标至图像窗口，这时光标显示为🔍形状，在人物脸部按住鼠标并拖动，绘制一个虚线框，释放鼠标后，窗口放大显示人物脸部，如图4-44所示，方便于后面的操作。

（3）单击前景色色块，弹出"拾色器（前景色）"对话框，如图4-45所示。在其中设置前景色为红色（RGB参考值分别为R136、G72、B42），单击"确定"按钮，退出对话框。

图4-43 人物素材

图4-44 放大显示

（4）单击图层面板中的"创建新图层"按钮 ，新建一个图层，选择工具箱中的画笔工具 ，在头发上涂抹，如图4-46所示。

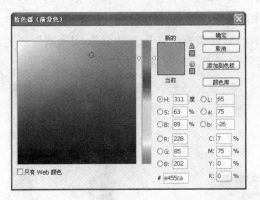

图4-45 "拾色器（前景色）"对话框

图4-46 涂抹红色

（5）设置图层的"混合模式"为"饱和度"，图层面板如图4-47所示，图像效果如图4-48所示。

图4-47 设置图层属性

图4-48 图像效果

4.5 光泽发丝——为头发添加流光效果

本实例首先使用通道抠图将人物头发抠出，再将抠出的头发进行"色相/饱和度"调整，得到人物头发的流光效果，如图4-49所示。

图4-49 为头发添加流光效果

（1）启用Photoshop后，执行"文件"|"打开"命令，在"打开"对话框中选择人物素材，单击"打开"按钮，打开素材，如图4-50所示。

（2）切换至"通道"面板，如图4-51所示，分别查看"红"、"绿"和"蓝"颜色通道，因为红通道黑白对比最强烈，所以这里选择红通道，效果如图4-52所示。

图4-50 人物素材　　　　　图4-51 通道面板　　　　　图4-52 红通道效果

（3）拖动"红"通道至"创建新通道"按钮 上，复制得到"红副本"通道，如图4-53所示。通道中的白色代表选取区域，黑色代表未选取区域。

（4）按下Ctrl+L快捷键，打开"色阶"调整对话框，向右移动阴影滑块，将灰色背景调整为黑色，向左移动白色滑块，使黑白对比更为明显，如图4-54所示，效果如图4-55所示。

（5）执行"图像"|"调整"|"曲线"命令，在弹出的"曲线"对话框中调整曲线，如图4-56所示。头发将从背景中分离，效果如图4-57所示。

（6）选择画笔工具 ，设置前景色为白色，将背景绘制成白色，如图4-58所示。

（7）继续运用画笔工具 ，设置前景色为黑色，在头发内部区域涂抹，将没有调整的区域转换为选区，如图4-59所示。因为图像边缘已经使用色阶进行了调整，因此在使用画笔工具涂抹时会非常轻松。

图4-53　复制红通道

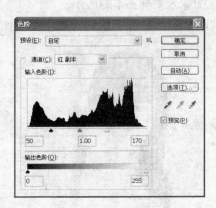

图4-54　"色阶"调整对话框

图4-55　"色阶"调整效果

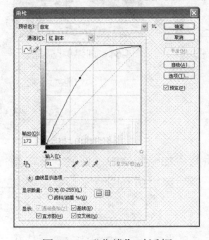

图4-56　"曲线"对话框

图4-57　"曲线"调整效果

图4-58　涂抹背景为白色

（8）检查修改完成之后，在按住Ctrl键的同时单击"红副本"通道，载入通道选区，然后返回图层面板，图像效果如图4-60所示。

（9）按Ctrl+J快捷键，将选区内的图形复制至新的图层中，如图4-61所示。

图4-59　用黑色涂抹头发

图4-60　载入选区

图4-61　复制选区建立新图层

<80>

（10）单击"调整"面板中的"色相/饱和度"按钮▦，添加一个"色相/饱和度"调整图层，设置参数如图4-62所示，图像效果如图4-63所示。

（11）单击按钮●，创建剪贴蒙版，使此调整只作用于头发图层，效果如图4-64所示。

图4-62　调整"色相/饱和度"参数　　　　图4-63　"色相/饱和度"的调整效果　　　　图4-64　创建剪贴蒙版

4.6　添加SD娃娃式刘海——更改刘海样式

本实例首先运用磁性套索工具选中需要的刘海部分，将其添加至照片中，调整刘海与原头发的位置和方向相同，再调整颜色使头发与人物相融合，最后运用仿制图章工具擦除多余的发丝。更改刘海样式的效果如图4-65所示。

图4-65　为头发更改刘海样式

（1）启用Photoshop后，执行"文件"|"打开"命令，在"打开"对话框中选择人物素材，单击"打开"按钮。

（2）选择工具箱中的磁性套索工具▣，围绕刘海范围单击并拖动鼠标，建立选区，如图4-66所示。

（3）运用同样的操作方法，打开另一张人物素材，如图4-67所示。

（4）运用移动工具▸+，将刘海添加至人物文件中，如图4-68所示。

（5）按Ctrl+T快捷键，调整刘海的角度，如图4-69所示，按Enter键确认。

图4-66 选择刘海

图4-67 人物素材

图4-68 添加刘海

图4-69 调整刘海角度

（6）执行"编辑"｜"变换"｜"变形"命令，调整头发形状，调整完成后按Enter键确认，使头发与人物更加融合，如图4-70所示。

（7）单击图层面板上的"添加图层蒙版"按钮 ，为头发图层添加图层蒙版，设置前景色为黑色，选择画笔工具 ，按"["或"]"键调整合适的画笔大小，在人物头发上涂抹，擦除多余的部分，图层面板如图4-71所示，图像效果如图4-72所示。

图4-70 变形头发

图4-71 图层面板

（8）单击调整面板中的"亮度/对比度"按钮 ，系统自动添加一个"亮度/对比度"调整图层，设置参数如图4-73所示，单击按钮 ，创建剪贴蒙版，使此调整只作用于刘海图层，此时图像效果如图4-74所示。

（9）单击调整面板中的"曲线"按钮 ，添加曲线调整图层，选择蓝通道选项，调整曲线如图4-75所示，单击按钮🔘，创建剪贴蒙版，使此调整只作用于刘海图层，通过调整，颜色与图像更加融合，如图4-76所示。

图4-72　添加图层蒙版的效果

图4-73　调整"亮度/对比度"参数

图4-74　"亮度/对比度"调整的效果

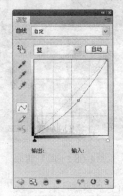

图4-75　"曲线"调整参数

（10）在图层面板中单击选中"背景"图层，按住鼠标将其拖动至"创建新图层"按钮🔳上，复制得到"背景副本"图层，调整图层顺序如图4-77所示。

图4-76　"曲线"调整效果

图4-77　复制图层并调整图层顺序

（11）选中工具箱中的仿制图章工具🈳，在选项栏中选择合适大小的画笔，然后移动光标至图像窗口右眼角位置，按下Alt键单击鼠标进行取样，此时的光标显示为⊕形状。松开Alt键，移动光标至右侧鬓角的头发上，按住鼠标左键涂抹，将多余的头发涂抹擦除，如图4-78所示。

图4-78 擦除右侧鬓角的头发

4.7 打造白发魔女——头发染白效果

本实例通过运用图层混合模式和图层蒙版，制作出一头飘逸的白发，效果如图4-79所示。

图4-79 头发染白效果

（1）启用Photoshop后，执行"文件"|"打开"命令，在"打开"对话框中选择人物素材，单击"打开"按钮，打开素材，如图4-80所示。

（2）切换至通道面板，如图4-81所示。

图4-80 人物素材

图4-81 通道面板

（3）分别单击查看"红"、"绿"和"蓝"颜色通道，因为红通道最为明亮，效果如图4-82所示，所以这里选择红通道，通道面板如图4-83所示。

图4-82　红通道　　　　　　　　　　　　　　　　图4-83　选择红通道

（4）按住Ctrl键的同时，单击红通道缩览图，载入通道选区，如图4-84所示。

（5）返回图层面板，单击图层面板中的"创建新图层"按钮　，新建一个图层，单击工具箱中的"设置前景色"色块，弹出"拾色器（前景色）"对话框，设置颜色为白色，单击"确定"按钮，退出对话框，按Alt+Delete快捷键，填充颜色，如图4-85所示。

图4-84　载入通道选区　　　　　　　　　　　　　图4-85　填充白色

（6）执行"选择"|"取消选择"命令，或按Ctrl+D快捷键，取消选择，如图4-86所示。

（7）在图层面板中设置"图层1"图层的"混合模式"为"柔光"，图层面板如图4-87所示，图像效果如图4-88所示。

（8）单击图层面板上的"添加图层蒙版"按钮　，为"图层1"图层添加图层蒙版。按D键，恢复前景色和背景色为默认的黑白颜色，按Ctrl+Delete快捷键，填充蒙版为黑色，然后选择画笔工具　，在人物部分涂抹，注意人物的眼睛部位依然为黑色，此时图层面板如图4-89所示，人物效果如图4-90所示。

（9）在图层面板中单击选中"图层1"图层，按住鼠标将其拖动至"创建新图层"按钮　上，复制得到"图层1副本"图层，如图4-91所示。

（10）在图层面板中设置"图层1副本"图层的"混合模式"为"正常"、"不透明度"为80%，此时图层面板如图4-92所示，图像效果如图4-93所示。

图4-86 取消选择

图4-87 设置图层属性

图4-88 "柔光"效果

图4-89 添加图层蒙版

图4-90 图层蒙版效果

图4-91 复制图层

（11）单击"调整"面板中的"亮度/对比度"按钮，设置"亮度/对比度"参数如图4-94所示，然后在图层面板中调整"亮度/对比度"调整图层的顺序，如图4-95所示。

（12）通过"亮度/对比度"调整，图像效果如图4-96所示。

图4-92 设置图层属性

图4-93 "不透明度"为80%的效果

图4-94 "亮度/对比度"调整参数

图4-95 调整图层顺序

图4-96 "亮度/对比度"的调整效果

（13）在图层面板中单击选中"背景"图层，按住鼠标将其拖动至"创建新图层"按钮上，复制得到"背景副本"图层，如图4-97所示。

（14）执行"滤镜"|"模糊"|"高斯模糊"命令，弹出"高斯模糊"对话框，设置参数如图4-98所示，单击"确定"按钮。

（15）在图层面板中设置"背景副本"图层的"混合模式"为"变亮"、不透明度为"60%"，图层面板如图4-99所示，图像效果如图4-100所示。

图4-97 复制图层

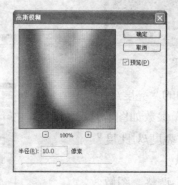

图4-98 "高斯模糊"对话框

图4-99 设置图层属性

图4-100 最终图像效果

第5章

面部的其他修饰

每个人都希望相片上的自己是完美的、没有瑕疵的，这一章我们将介绍利用Photoshop修改人像肤质、添加妆容和酒窝的技巧，不论是脸上讨厌的斑点、皱纹，或是皮肤不够细腻白皙，表情光线不够完美等问题，都可以交给Photoshop这位美容大师！

5.1 不要瑕疵——为人物面部去斑

随着数码相机的普及，拍照成了一件越来越常见的事情，但很多照片上的人物脸部会有一些斑点，皮肤也不够白皙，使整个照片显得美中不足，本实例通过短短几个步骤，就可以为人物打造光滑细嫩的肌肤，效果如图5-1所示。

图5-1　为人物面部去斑

（1）执行"文件"｜"打开"命令，或按下Ctrl+O快捷键，打开一幅素材图像，如图5-2所示。

（2）在工具箱中选择缩放工具 🔍，或按快捷键Z，然后移动光标至图像窗口，这时光标显示为🔍形状，在人物脸部按住鼠标并拖动，绘制一个虚线框，如图5-3所示。释放鼠标后，窗口将放大显示人物脸部，方便于后面的操作。

（3）在图层面板中单击选中背景图层，按住鼠标将其拖动至"创建新图层"按钮 🔲 上，复制得到背景副本图层。

（4）选中仿制图章工具 🖊️，在选项栏中选择大小合适的画笔，然后移动光标至图像窗口取样位置，按下Alt键单击鼠标进行取样，如图5-4所示，此时的光标显示为⊕形状。

（5）松开Alt键，移动光标至斑点处，单击鼠标左键，则斑点被去除，如图5-5所示。

图5-2 素材图像

图5-3 放大图像显示

图5-4 取样

图5-5 去除斑点

（6）继续使用仿制图章工具，去除所有的斑点，如图5-6所示。

（7）将背景副本图层复制一份，图层面板如图5-7所示。

图5-6 去除其他的斑点

图5-7 复制图层

（8）切换至通道调板，选择绿通道，单击鼠标并将其拖动至"创建新通道"按钮 上，这样便通过复制通道得到了"绿副本"通道，如图5-8所示。

（9）执行"滤镜"|"其他"|"高反差保留"命令，打开"高反差保留"对话框，设置参数如图5-9所示，然后单击"确定"按钮。

图5-8　复制通道

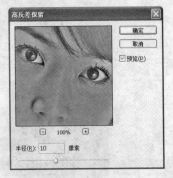

图5-9　"高反差保留"对话框

（10）执行"图像"|"计算"命令，打开"计算"对话框，设置参数如图5-10所示。

（11）单击"确定"按钮，效果如图5-11所示。运用同样的操作方法，再次执行"图像"|"计算"命令两次，参数设置不变。

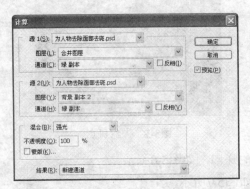

图5-10　"计算"对话框

图5-11　应用"计算"命令的效果

（12）按住Ctrl键的同时，单击Alpha 3通道，载入选区，如图5-12所示。

（13）执行"选择"|"反向"命令，反选选区，单击RGB通道，返回至RGB通道面板，效果如图5-13所示。

图5-12　载入选区

图5-13　返回至RGB通道的效果

（14）执行"图像"|"调整"|"曲线"命令，或按Ctrl+M快捷键，弹出"曲线"对话框，设置参数如图5-14所示。

（15）单击"确定"按钮，完成曲线调整，执行"选择"|"取消选择"命令，或按Ctrl+D快捷键，最终效果如图5-15所示。

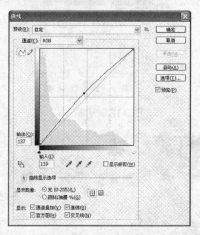

图5-14　"曲线"对话框

图5-15　最终效果

5.2　拥有婴儿般细腻的肌肤——为粗糙皮肤磨皮

人不可能是十全十美的，往往会存在着这样或那样的缺陷。如何使画面中的主角具备光洁、白皙、细腻的肌肤，就是下面我们要解决的问题。本实例处理的最终效果如图5-16所示。

图5-16　磨皮效果

（1）启用Photoshop后，执行"文件"|"打开"命令，在"打开"对话框中选择人物素材，单击"打开"按钮，打开素材图片，如图5-17所示。

（2）按Ctrl+J快捷键，将"背景"图层复制一份，得到"背景副本"图层，如图5-18所示。

（3）在图层面板中设置"背景副本"图层的"混合模式"为"滤色"，图层面板如图5-19所示，效果如图5-20所示。

提示　按住Shift键的同时，按"+"或"-"快捷键可快速切换当前图层的混合模式。

图5-17　人物素材

图5-18　复制图层

图5-19　设置图层属性

图5-20　"滤色"效果

（4）按Ctrl+Shift+Alt+E快捷键，盖印图层，系统自动生成"图层1"图层，如图5-21所示。

（5）执行"滤镜"｜"模糊"｜"高斯模糊"命令，弹出"高斯模糊"对话框，设置参数如图5-22所示。

（6）单击"确定"按钮，关闭"高斯模糊"对话框，人物效果如图5-23所示。

图5-21　生成"图层1"图层

图5-22　"高斯模糊"对话框

（7）单击图层面板上的"添加图层蒙版"按钮 ▢，为背景副本图层添加图层蒙版。按D键，恢复前景色和背景色为默认的黑白颜色，按Ctrl+Delete快捷键，填充蒙版为黑色，然后选择画笔工具 ✎，在人物面部皮肤上涂抹，此时图层面板如图5-24所示，人物效果如图5-25所示。

图5-23　"高斯模糊"效果

图5-24　图层面板

图5-25　图像效果

5.3　美白大法——光洁面部的皮肤

本实例将使用"曲线"调整命令、"表面模糊"命令、"高反差保留"命令和图层混合模式等操作，使人物的面部皮肤光洁一新，显得更加晶莹剔透，效果如图5-26所示。

图5-26　光洁面部的皮肤

（1）启用Photoshop后，执行"文件"|"打开"命令，在"打开"对话框中选择人物素材，单击"打开"按钮，打开素材，如图5-27所示。

（2）单击调整面板中的"曲线"按钮，添加曲线调整图层，调整曲线如图5-28所示，

<94>

通过调整，图像效果如图5-29所示。

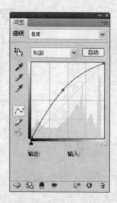

图5-27 打开素材　　　　图5-28 "曲线"调整　　　　图5-29 调整后的效果

（3）按Ctrl+Shift+Alt+E快捷键，盖印所有可见图层，系统自动生成"图层1"图层，如图5-30所示。

（4）执行"滤镜"|"模糊"|"表面模糊"命令，弹出"表面模糊"对话框，设置参数如图5-31所示，单击"确定"按钮，得到如图5-32所示的"表面模糊"效果。

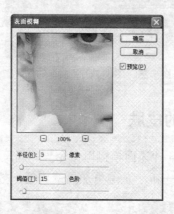

图5-30 盖印图层　　　图5-31 "表面模糊"对话框　　　图5-32 "表面模糊"效果

（5）在图层面板中单击选中"图层1"图层，按住鼠标将其拖动至"创建新图层"按钮上，复制得到"图层1副本"图层，如图5-33所示。

（6）执行"滤镜"|"其他"|"高反差保留"命令，弹出"高反差保留"对话框，设置参数如图5-34所示，单击"确定"按钮。

图5-33 复制图层　　　　　图5-34 "高反差保留"对话框

（7）设置"图层1副本"图层的"混合模式"为"线性光"，图层面板如图5-35所示，得到效果如图5-36所示。

图5-35 设置图层属性

图5-36 "线性光"效果

5.4 扫净油光烦恼——去除人物脸部油光

记得以前去照相馆拍大头照时，摄影师都会提醒我在额头、两颊的地方扑一些粉，目的不是化妆，而是为了避免这些地方出油导致反光而破坏画面。不过现在不用，来了就拍，难道是我的肤质变好了？不出油了？当然不是，而是现在用Photoshop去除油光实在是太方便了，效果如图5-37所示。

图5-37 去除人物脸部油光效果

（1）启用Photoshop CS4后，执行"文件"|"打开"命令，在"打开"对话框中选择人物素材，单击"打开"按钮，打开素材照片，如图5-38所示。

（2）按快捷键Ctrl+J，将"背景"图层复制一份，得到"背景副本"图层，如图5-39所示。

（3）在工具箱中选择缩放工具，或按快捷键Z，然后移动光标至图像窗口，这时光标显示为形状，在人物脸部按住鼠标并拖动，绘制一个虚线框，释放鼠标后，窗口放大显示人物脸部，如图5-40所示，方便后面的操作。

（4）选择工具箱中的修复画笔工具，按住Alt键，在人物脸上靠近油光的非油光部位单击，进行取样，如图5-41所示。

图5-38　人物素材　　　　　图5-39　复制图层　　　　　图5-40　放大显示

（5）在面部油光区域连续单击并拖动鼠标，取样点的区域就应用到面部有油光的区域，如图5-42所示。

图5-41　取样　　　　　　　　　　图5-42　应用取样

（6）运用同样的操作方法，去除面部其他部分的油光，得到如图5-43所示的效果。

图5-43　完成效果

5.5　与美白化妆品PK——美白面部皮肤

本实例首先通过通道面板选中人物高光部分的图像，然后填充白色，添加图层蒙版，最后设置图层混合模式，得到美白面部皮肤的效果，如图5-44所示。

图5-44　美白面部皮肤效果

（1）启用Photoshop后，执行"文件"|"打开"命令，在"打开"对话框中选择人物素材，单击"打开"按钮，打开素材照片，如图5-45所示。

（2）切换至通道面板，如图5-46所示。

图5-45　人物素材

图5-46　通道面板

（3）分别单击"红"、"绿"和"蓝"颜色通道进行观察，因为红通道最为明亮，如图5-47所示，所以选择红通道，如图5-48所示。

图5-47　红通道效果

图5-48　选择红通道

（4）按住Ctrl键的同时，单击红通道缩览图，载入通道选区，如图5-49所示。

（5）返回图层面板，单击图层面板中的"创建新图层"按钮，新建一个图层，单击工具箱中的"前景色"色块，弹出"拾色器（前景色）"对话框，设置颜色为白色，单击"确定"按钮，退出对话框，按Alt+Delete快捷键，填充白色，如图5-50所示。

图5-49　载入通道选区

图5-50　填充白色

（6）执行"选择"｜"取消选择"命令，或按Ctrl+D快捷键，取消选择，如图5-51所示。

（7）在图层面板中设置"图层1"图层的"混合模式"为"柔光"，图层面板如图5-52所示，图像效果如图5-53所示。

图5-51　取消选择

图5-52　设置混合模式

（8）单击图层面板上的"添加图层蒙版"按钮 ，为"图层1"图层添加图层蒙版。按D键，恢复前景色和背景色为默认的黑白颜色，按Ctrl+Delete快捷键，填充蒙版为黑色，然后选择画笔工具 ，在人物部分涂抹，注意人物的眼睛部位依然为黑色，此时图层面板如图5-54所示，人物效果如图5-55所示。

图5-53　"柔光"效果

图5-54　添加图层蒙版

（9）在图层面板中单击选中"图层1"图层，按住鼠标将其拖动至"创建新图层"按钮 上，复制得到"图层1副本"图层，如图5-56所示。

图5-55 图层蒙版效果

图5-56 复制图层

（10）单击选择"图层1副本"图层的蒙版，按住鼠标并拖动至图层面板中的"删除"按钮 上，释放鼠标后，弹出系统提示对话框，如图5-57所示，单击"删除"按钮，关闭对话框。

图5-57 系统提示对话框

（11）在图层面板中设置"图层1副本"图层的"不透明度"为20%，此时图层面板如图5-58所示，图像效果如图5-59所示。

图5-58 设置图层属性

图5-59 "不透明度"为20%的效果

（12）参照前面同样的操作方法，单击图层面板上的"添加图层蒙版"按钮 ，为"图层1副本"图层添加图层蒙版，此时图层面板如图5-60所示，人物效果如图5-61所示。

图5-60 图层面板

图5-61　最终效果

5.6　粉色柔情——添加可爱腮红效果

本实例主要通过使用画笔工具、"高斯模糊"命令和橡皮擦工具，为小女孩添加可爱的腮红效果，如图5-62所示。这样，人物的肌肤便会有白里透红的感觉，气色更好，效果更迷人。

图5-62　添加可爱腮红的效果

图5-63　打开素材

（1）启用Photoshop后，执行"文件"|"打开"命令，在"打开"对话框中选择人物素材，单击"打开"按钮，打开素材照片，如图5-63所示。

（2）单击"调整"面板中的"曲线"按钮，添加曲线调整图层，调整曲线如图5-64所示；选择红通道选项，调整曲线如图5-65所示；通过调整，图像效果如图5-66所示。

（3）单击工具箱中的"前景色"色块，弹出"拾色器（前景色）"对话框，设置颜色参数如图5-67所示。

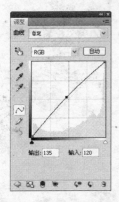

图5-64　调整"曲线"　　　图5-65　红通道"曲线"调整　　　图5-66　"曲线"调整的效果

（4）单击"确定"按钮，退出对话框。单击图层面板中的"创建新图层"按钮 ，新建一个图层，选择工具箱中的画笔工具 ，在工具选项栏中设置参数如图5-68所示。

图5-67　设置颜色参数　　　　　　　　　图5-68　画笔工具选项栏

（5）移动鼠标至图像窗口中的人物脸部位置然后单击，绘制腮红的效果如图5-69所示。

（6）执行"滤镜"|"模糊"|"高斯模糊"命令，弹出"高斯模糊"对话框，设置参数如图5-70所示。

（7）单击"确定"按钮，模糊效果如图5-71所示。

（8）选择工具箱中的橡皮擦工具 ，擦除人物手上多余的腮红部分，效果如图5-72所示。

图5-69　绘制腮红　　　　　图5-70　"高斯模糊"对话框　　　图5-71　"高斯模糊"效果

图5-72　最终效果

 按下Caps Lock键可以在绘画时快速切换光标显示方式。

5.7　打造另类时尚肤色——金色肌肤耀出来

　　本实例通过使用"应用图像"命令调整出图像中的高光区域，然后通过设置"自动颜色校正选项"对话框中的选项为图像设置出金色肤色的效果，如图5-73所示。

图5-73　金色肌肤耀出来

　　（1）启用Photoshop后，执行"文件"|"打开"命令，在"打开"对话框中选择人物素材，单击"打开"按钮，打开素材照片，如图5-74所示。

　　（2）执行"图像"|"模式"|"CMYK模式"命令，弹出系统提示对话框，如图5-75所示，单击"确定"按钮，关闭对话框，将图像转换为CMYK模式。

　　（3）在图层面板中单击选中"背景"图层，按住鼠标将其拖动至"创建新图层"按钮　上，复制得到"背景副本"图层，如图5-76所示。

　　（4）执行"图像"|"应用图像"命令，弹出"应用图像"对话框，设置参数如图5-77所示。

图5-74 人物素材

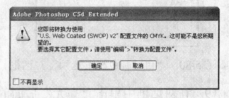

图5-75 系统提示对话框

图5-76 复制图层

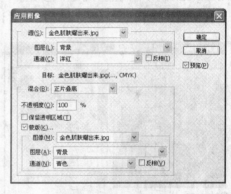

图5-77 "应用图像"对话框

（5）单击"确定"按钮，关闭对话框，"应用图像"的效果如图5-78所示。

（6）执行"图像"|"调整"|"色阶"命令，弹出"色阶"对话框，如图5-79所示，单击"选项"按钮。

图5-78 "应用图像"的效果

图5-79 "色阶"对话框

（7）接下来会弹出"自动颜色校正选项"对话框，如图5-80所示。

（8）在对话框中单击"中间调"后面的色块，弹出"选择目标中间调颜色"对话框，设置颜色如图5-81所示，然后单击"确定"按钮。

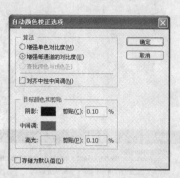

图5-80 "自动颜色校正选项"对话框

图5-81 设置颜色

（9）在对话框中单击"高光"后面的色块，弹出"选择目标高光颜色"对话框，设置颜色如图5-82所示，单击"确定"按钮。

（10）返回"自动颜色校正选项"对话框中，设置其他选项，如图5-83所示。

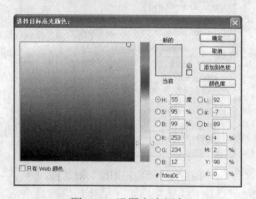

图5-82 设置高光颜色

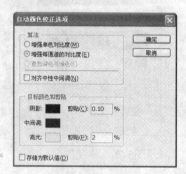

图5-83 设置其他参数

（11）单击"确定"按钮，返回"色阶"对话框，单击"确定"按钮，"色阶"调整效果如图5-84所示。

（12）单击"调整"面板中的"色彩平衡"按钮，在"调整"面板中设置参数，如图5-85所示。

（13）选择"阴影"单选按钮，设置参数如图5-86所示。

（14）选择"高光"单选按钮，设置参数如图5-87所示。

图5-84 "色阶"调整效果

图5-85 调整"色彩平衡"参数

图5-86 调整"阴影"参数

（15）添加"色彩平衡"调整图层后，图像效果如图5-88所示。

图5-87　调整"高光"参数

图5-88　"色彩平衡"调整效果

单击"色阶"对话框中的"选项"按钮，就会弹出"自动颜色校正选项"对话框，它用于对图像中的阴影、中间调和高光区域的颜色进行自动校正设置。默认情况下，阴影为黑色、中间调为灰色、高光为白色。更改相应颜色后，图像中的阴影、中间调或高光颜色也会随之更改。

5.8　恢复粉嫩肌肤——调出婴儿自然皮肤色调

本实例巧用颜色通道和图层混合模式等操作，将宝宝偏黄的皮肤调整为粉嫩效果，并结合"色阶"调整命令使皮肤效果更加自然，效果如图5-89所示，

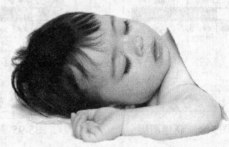

图5-89　调出婴儿自然皮肤色调

（1）启用Photoshop后，执行"文件"|"打开"命令，在"打开"对话框中选择婴儿素材，单击"打开"按钮，打开素材，如图5-90所示。

（2）切换至通道面板，单击选择绿通道，其他颜色通道则暂时隐藏，如图5-91所示。

（3）在图像窗口中可以看到绿通道效果，按Ctrl+A快捷键，全选该通道图像，再按Ctrl+C快捷键，复制选区内的图像，如图5-92所示。

（4）在通道面板中单击选择RGB通道，显示所有的颜色通道，如图5-93所示。

（5）在图层面板中，单击"创建新图层"按钮 ，新建一个图层，得到"图层1"图层，如图5-94所示。

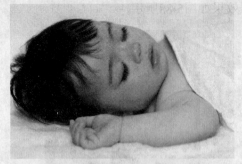

图5-90 婴儿素材

图5-91 选择绿通道

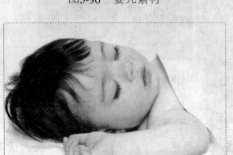

图5-92 复制绿通道图像

图5-93 选择RGB通道

（6）按Ctrl+V快捷键，粘贴选区内的图像至"图层1"图层中，如图5-95所示。

（7）在图层面板中设置"图层1"图层的"混合模式"为"变亮"、"不透明度"为60%，图层面板如图5-96所示，图像效果如图5-97所示。

图5-94 新建图层

图5-95 粘贴图像

图5-96 设置图层属性

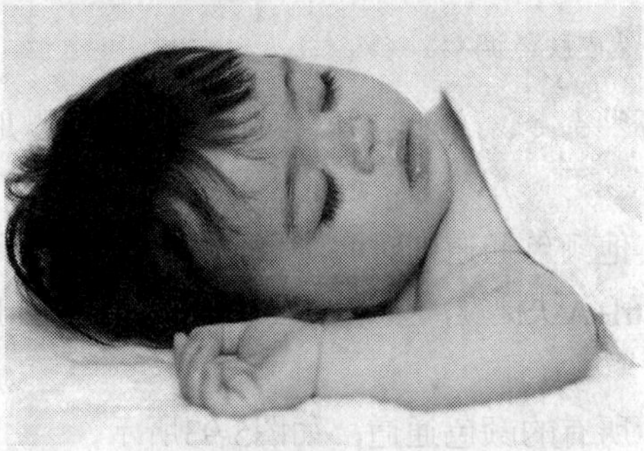

图5-97 "变亮"效果

（8）单击"调整"面板中的"色阶"按钮，系统自动添加一个"色阶"调整图层，设置参数如图5-98所示，此时图像效果如图5-99所示。

（9）单击"调整"面板左下角的"返回到调整列表"按钮，返回到"调整"面板后再次单击"色阶"按钮，设置参数如图5-100所示，此时图像效果如图5-101所示。

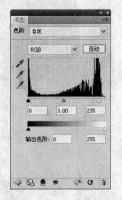

图5-98 调整"色阶"参数

图5-99 调整"色阶"的效果

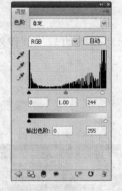

图5-100 再次调整"色阶"参数

图5-101 再次调整"色阶"的效果

（10）单击"调整"面板左下角的"返回到调整列表"按钮，返回到"调整"面板后单击"曲线"按钮，添加曲线调整图层，调整曲线如图5-102所示，此时图像效果如图5-103所示。

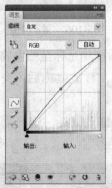

图5-102 调整"曲线"参数

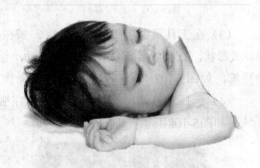

图5-103 "曲线"调整效果

5.9 不要衰老——去除皱纹

本实例通过使用修补工具在人物较好的皮肤上取样来修饰皱纹部分的图像，最后使用图层混合模式使得人物的笑容更自然，从而得到如图5-104所示的效果。

（1）启用Photoshop后，执行"文件"|"打开"命令，在"打开"对话框中选择人物素材，单击"打开"按钮，打开素材照片，如图5-105所示。

图5-104　去除皱纹的效果

（2）在图层面板中单击选中"背景"图层，按住鼠标将其拖动至"创建新图层"按钮上，复制得到"背景副本"图层，如图5-106所示。

图5-105　人物素材

图5-106　复制图层

（3）在工具箱中选择缩放工具，或按快捷键Z，然后移动光标至图像窗口，这时光标显示形状，在人物脸部按住鼠标并拖动，绘制一个虚线框，释放鼠标后，窗口放大显示人物脸部，如图5-107所示，方便于后面的操作。

（4）选择工具箱中的修补工具，在皱纹范围单击并拖动鼠标，选择需要修补的图像区域，如图5-108所示。

图5-107　放大显示　　　　　　　　　　图5-108　选择需要修补的图像区域

（5）设置修补方式。在工具选项栏中选中"源"单选按钮，表示当前选中的区域是需要修补的区域。移动光标至选区上方，当光标显示为 形状时按住鼠标拖动至采样图像区域，如图5-109所示。

（6）释放鼠标后，可以使用该区域的图像修补原选区内的图像，如图5-110所示。

图5-109 采样

图5-110 修补原选区的图像

（7）执行"选择"|"取消选择"命令或按下Ctrl+D快捷键，取消选择，效果如图5-111所示。

（8）采取相同的方法减少其他部位的皱纹，得到如图5-112所示的效果。

图5-111 取消选择

图5-112 去除其他部位的皱纹

（9）在图层面板中设置"图层1"图层的"不透明度"为"70%"，图层面板如图5-113所示，得到如图5-114所示的效果。

图5-113 设置不透明度

图5-114 完成效果

使用修补工具选择图像的方法与套索工具 $\square$ 完全相同，当然也可使用其他选择工具制作更为精确的选择区域。

5.10　把快乐写在脸上——增加甜美笑容

本实例主要运用"液化"命令中的向前变形工具将人物的嘴角上扬，将严肃的脸变成带有微笑的脸，效果如图5-115所示。

图5-115　增加甜美笑容的效果

（1）启动Photoshop CS4，并打开一张如图5-116所示的素材图片。

（2）将"背景"图层拖到图层面板下方的"创建新图层"按钮 $\square$ 上进行复制，生成新的"背景副本"图层，如图5-117所示。

（3）执行"滤镜"|"液化"命令，弹出"液化"对话框，在左侧选择向前变形工具 $\square$，在右侧"工具选项"面板中设置参数如图5-118所示。

图5-116　打开素材　　　　　图5-117　复制图层　　　　　图5-118　设置参数

（4）移动鼠标至人物嘴角，运用向前变形工具 $\square$ 向上拖动鼠标，进行变形，如图5-119所示。

（5）继续运用向前变形工具 $\square$，变形嘴角，使过渡自然，得到如图5-120所示的效果，单击"确定"按钮，退出对话框。

图5-119 变形

图5-120 最终变形效果

5.11 甜美的酒窝——添加酒窝效果

本实例使用椭圆选框工具在人物的脸部合适位置建立选区，然后为其添加图层样式，并添加和设置"斜面和浮雕"效果，然后设置图层的"不透明度"，以实现为人物添加酒窝的效果，如图5-121所示。

图5-121 添加酒窝效果

（1）启用Photoshop后，执行"文件"|"打开"命令，在"打开"对话框中选择人物素材，单击"打开"按钮，打开素材图片，如图5-122所示。

（2）在图层面板中单击选中"背景"图层，按住鼠标将其拖动至"创建新图层"按钮 上，复制得到"背景副本"图层，如图5-123所示。

图5-122 人物素材

图5-123 图层面板

（3）在工具箱中选择缩放工具 ，或按快捷键Z，然后移动光标至图像窗口，这时光标显示为 形状，在人物脸部按住鼠标并拖动，绘制一个虚线框，释放鼠标后，窗口放大显示人物脸部，如图5-124所示，方便于后面的操作。

（4）选择工具箱中的椭圆选框工具 ，按住Shift键的同时，在要添加人物酒窝的位置处单击鼠标并拖动，绘制如图5-125所示的正圆选区。

图5-124　放大显示

图5-125　绘制选区

（5）执行"图层"｜"新建"｜"通过拷贝的图层"命令，将选区内的图形复制至新建的"图层1"图层，图层面板如图5-126所示。

（6）执行"图层"｜"图层样式"｜"斜面和浮雕"命令，弹出"图层样式"对话框，在"结构"选项组中设置参数，如图5-127所示。

（7）单击"阴影"选项组中"光泽等高线"下拉按钮，在弹出的下拉面板中选择"锥形"选项，如图5-128所示。

图5-126　复制选区至图层

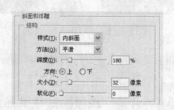
图5-127　"结构"选项组

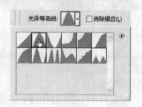
图5-128　选择"锥形"选项

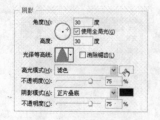
图5-129　选择色块

（8）在"阴影"选项组中单击"高光模式"后的色块，如图5-129所示。

（9）弹出"选择高光颜色"对话框，设置颜色参数如图5-130所示。然后单击"确定"按钮，运用同样的操作方法，单击阴影模式后的色块，弹出"选择阴影颜色"对话框，设置颜色如图5-131所示，单击"确定"按钮。

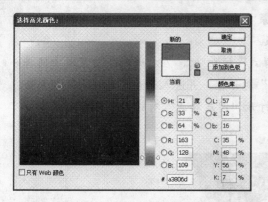

图5-130 设置颜色参数

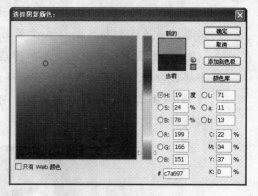

图5-131 设置阴影颜色参数

（10）继续设置其他参数，如图5-132所示，设置完成后单击"确定"按钮。

（11）添加了"斜面和浮雕"图层样式的效果如图5-133所示。

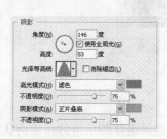

图5-132 设置其他参数

图5-133 "叙面和浮雕"图层样式的效果

（12）在图层面板中设置"图层1"图层的"不透明度"为52%，此时图层面板如图5-134所示，图像效果如图5-135所示。

图5-134 设置图层属性

图5-135 图像效果

（13）运用同样的操作方法，制作另一边的酒窝效果，如图5-136所示。

如果要为图层添加样式，可以选择这一图层，然后采用下面任意一种方式打开"图层样式"对话框：

（1）执行"图层"|"图层样式"子菜单中的样式命令，可打开"图层样式"对话框，并进入到相应的样式设置面板。

（2）在图层面板中单击"添加图层样式"按钮 fx，在打开的快捷菜单中选择一个样式命令，也可以打开"图层样式"对话框，并进入到相应的样式设置面板。

（3）双击需要添加样式的图层，可打开"图层样式"对话框，在对话框左侧可以选择不同的图层样式选项。

图5-136　制作另一边的酒窝效果

5.12　脸部润色——快速为面部添加妆容

"你也可以像明星一样美！"如果有人对不自信的你说这样的话，你一定会认为她是在做一些无谓的吹捧，但本实例将为你解析明星妆容的制作方法，让你可以像他们一样美。本实例主要应用画笔工具和图层混合模式进行制作，效果如图5-137所示。在Photoshop CS4中的图层面板左上角有一个颜色混合模式下拉列表框，该下拉列表框中的选项决定当前图层与其下面图层进行颜色混合模式的算法，用户可以通过选择不同的混合模式实现不同的图像效果。

图5-137　快速为面部添加妆容

（1）启用Photoshop后，执行"文件"|"打开"命令，在"打开"对话框中选择人物素材，单击"打开"按钮，打开素材图片，如图5-138所示。

（2）单击调整面板中的"曲线"按钮 📈，添加曲线调整图层，调整曲线如图5-139所示。

（3）选择"红"通道，调整曲线如图5-140所示，此时图像效果如图5-141所示。

图5-138 人物素材

图5-139 调整"曲线"

图5-140 调整"红"通道曲线

（4）单击图层面板上的"添加图层蒙版"按钮 ▢，为"图层1"图层添加图层蒙版。按D键，恢复前景色和背景色为默认的黑白颜色，按Ctrl+Delete快捷键，填充蒙版为黑色，然后选择画笔工具 ✐，在人物头发和衣服部分进行涂抹，注意人物的眼睛部位依然为黑色，此时图层面板如图5-142所示，人物效果如图5-143所示。

图5-141 "曲线"调整效果

图5-142 图层面板

图5-143 添加图层蒙版的效果

（5）单击工具箱中的"前景色"色块，弹出"拾色器（前景色）"对话框，设置颜色参数如图5-144所示。

（6）选择工具箱中的画笔工具 ✐，在工具选项栏中设置"硬度"为0%，通过按"["或"]"键调整至画笔合适的大小，移动鼠标至图像窗口中人物脸部位置进行单击，绘制效果如图5-145所示。

（7）在图层面板中设置"图层2"图层的"混合模式"为"颜色"，图层面板如图5-146所示，图像效果如图5-147所示。

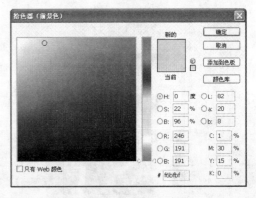
图5-144 设置颜色参数

图5-145 绘制腮红　　　　　　　图5-146 设置图层属性　　　　　图5-147 "颜色"模式效果

　　（8）单击工具箱中的"前景色"色块，弹出"拾色器（前景色）"对话框，设置颜色参数如图5-148所示。

　　（9）选择工具箱中的画笔工具，移动鼠标至图像窗口中人物眼皮部分单击，绘制眼影效果，如图5-149所示。绘制的时候，可运用工具箱中的橡皮擦工具，擦除多余的部分。

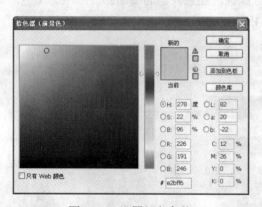

图5-148 设置颜色参数　　　　　　　　　　　　图5-149 绘制眼影

　　（10）在图层面板中设置"图层2"图层的"混合模式"为"颜色"、"不透明度"为57%，图层面板如图5-150所示，图像效果如图5-151所示。

图5-150 设置图层属性　　　　　　　　　　　图5-151 图像效果

（11）单击工具箱中的"设置前景色"色块，弹出"拾色器（前景色）"对话框，设置颜色参数如图5-152所示。

（12）选择工具箱中的画笔工具，移动鼠标至图像窗口中人物嘴唇部分进行涂抹，效果如图5-153所示。绘制的时候，可运用工具箱中的橡皮擦工具，擦除多余的部分。

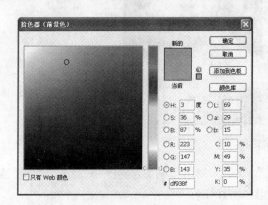

图5-152 设置颜色参数

图5-153 绘制口红

（13）在图层面板中设置"图层2"图层的"混合模式"为"颜色加深"、"不透明度"为40%，图层面板如图5-154所示，图像效果如图5-155所示。

图5-154 设置图层属性

图5-155 图像效果

5.13 更完美的光影——去除面部的阴影

在光线太强烈的环境下拍照，通常会得到一个结果，那就是被光源照射到的地方很亮，阴影处却黑成一片，画面的明暗度反差很大。面部有太深的阴影会使人物有一种阴郁感，本实例我们就要来拯救这种"黑白分明"的相片，效果如图5-156所示。

（1）启用Photoshop后，执行"文件"|"打开"命令，在"打开"对话框中选择人物素材，单击"打开"按钮，打开素材，如图5-157所示。

（2）在图层面板中单击选中"背景"图层，按住鼠标将其拖动至"创建新图层"按钮上，复制得到"背景副本"图层，如图5-158所示。

图5-156 去除面部的阴影的效果

（3）执行"图像"|"调整"|"阴影/高光"命令，弹出"阴影/高光"对话框，设置参数如图5-159所示，单击"确定"按钮，效果如图5-160所示。

图5-157 人物素材　　　　　　图5-158 图层面板　　　　　图5-159 "阴影/高光"参数设置

（4）在图层面板中单击选中"背景副本"图层，按Ctrl+J快捷键，复制得到"背景副本2"图层，设置图层的"混合模式"为"滤色"，此时图层面板如图5-161所示，图像效果如图5-162所示。

图5-160 "阴影/高光"设置效果　　　　图5-161 复制图层　　　　图5-162 "滤色"效果

（5）人物脸部的阴影消除了，但是曝光过度，丢失了亮部的信息，单击图层面板上的"添加图层蒙版"按钮 ，为"背景副本2"图层添加图层蒙版。

（6）编辑图层蒙版，设置前景色为黑色，按Alt+Delete快捷键，填充颜色，设置前景色为白色，选择画笔工具，按"["或"]"键调整合适的画笔大小，在人物脸部涂抹，此时图层面板如图5-163所示，图像效果如图5-164所示。

图5-163 添加图层蒙版

图5-164 添加图层蒙版效果

提示

"阴影/高光"调整特别适合用于修正由于逆光摄影而形成剪影的照片，这种照片中的背景光线强烈，而主体及周围图像由于逆光而光线暗淡，如果使用"亮度/对比度"命令直接进行调整，高光区域会随着阴影区域同时增加亮度而出现曝光过度的情况。

与"亮度/对比度"调整不同，"阴影/高光"可以分别对图像的阴影和高光区域进行调节，它在加亮阴影区域时不会损失高光区域的细节，在调暗高光区域时也不会损失阴影区域的细节。

执行"图像"|"调整"|"阴影/高光"命令，打开"阴影/高光"对话框，拖动"阴影"和"高光"两个滑块就可以分别调整图像高光区域和阴影区域的亮度。

第6章

人物胳膊和手部的修饰

本章通过6个实例，详细介绍人物胳膊及手部的美容，还你一双完美的芊芊玉手。

6.1 靓丽美甲——更换指甲的颜色

芊芊玉手有了美甲的装点会更加灵动，各种绚丽的色彩甚至比华美的配饰还要吸引眼球。本实例通过运用画笔工具和设置图层的"混合模式"，更换指甲的颜色，效果如图6-1所示。

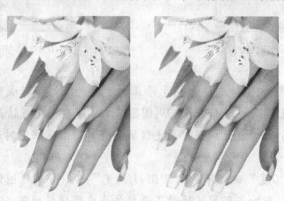

图6-1 更换指甲的颜色

(1) 启用Photoshop后，执行"文件"|"打开"命令，在"打开"对话框中选择手素材，单击"打开"按钮，打开素材，如图6-2所示。

(2) 单击工具箱中的"前景色"色块，弹出"拾色器（前景色）"对话框，设置颜色为红色，参数如图6-3所示。

图6-2 手素材

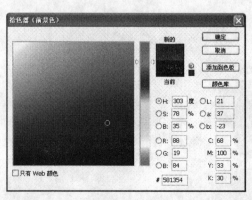

图6-3 设置颜色

（3）选择工具箱中的画笔工具，移动鼠标至图像窗口中指甲部分涂抹，绘制效果如图6-4所示。绘制的时候，可运用工具箱中的橡皮擦工具，擦除多余的部分。

（4）在图层面板中设置"图层1"图层的"混合模式"为"叠加"，如图6-5所示，图像效果如图6-6所示。

（5）在图层面板中单击选中"图层1"图层，按住鼠标将其拖动至"创建新图层"按钮上，复制得到"图层1副本"图层，在图层面板中设置"图层1副本"图层的"混合模式"为"色相"，如图6-7所示。

图6-4　涂抹颜色　　　　图6-5　设置图层属性　　　　图6-6　"叠加"效果

（6）图像效果如图6-8所示，这里即完成了实例的制作。

图6-7　设置图层属性　　　　图6-8　图像效果

6.2　光彩水晶指甲——制作水晶指甲

水晶美甲是多种美甲工艺中最受欢迎的一种，水晶指甲颜色晶莹剔透、粉白自然，可以和各种颜色的服装相匹配，能够衬托出女性高雅的气质。完美的指甲暗喻了充裕的时间、随意支配的收入及良好的自我控制，体现了与众不同的个性，举手投足间尽显迷人风采。在西方，美甲是判断女性身份的标准之一，是生活品质优劣、文化修养高低的综合体现，能够反映人的艺术品味与独特个性。

本实例先将图层填充为黑色，并应用"添加杂色"滤镜为指甲添加杂色效果，然后添加图层蒙版涂抹出指甲部分，再设置图层的混合模式和不透明度，使用模糊工具使效果更加逼真，最后运用多边形工具绘制发光效果，制作出光彩水晶指甲，效果如图6-9所示。

图6-9　制作水晶指甲

（1）启用Photoshop后，执行"文件"|"打开"命令，在"打开"对话框中选择手素材，单击"打开"按钮，打开素材图片，如图6-10所示。

（2）单击图层面板中的"创建新图层"按钮 ，新建一个图层，设置前景色为黑色，按Alt+Delete键填充颜色，图层面板如图6-11所示。

图6-10　手素材　　　　　　　　　　　　图6-11　图层面板

（3）执行"滤镜"|"杂色"|"添加杂色"命令，弹出"添加杂色"对话框，设置参数如图6-12所示。单击"确定"按钮，关闭对话框，在图层面板中设置"图层1"图层的"混合模式"为"颜色减淡"，如图6-13所示，图像效果如图6-14所示。

图6-12　"添加杂色"对话框　　　　　　　图6-13　设置图层属性

（4）单击图层面板上的"添加图层蒙版"按钮 ，为"图层1"图层添加图层蒙版。按D键，恢复前景色和背景色为默认的黑白颜色，按Ctrl+Delete快捷键，填充蒙版为黑色，然后选择画笔工具 ，在指甲上涂抹，此时图层面板如图6-15所示，图像效果如图6-16所示。

图6-14　图像效果

图6-15　添加图层蒙版

（5）在图层面板中单击选中"图层1"图层，按住鼠标将其拖动至"创建新图层"按钮 上，复制得到"图层1副本"图层，在图层面板中设置"图层1副本"图层的"不透明度"为50%，如图6-17所示，图像效果如图6-18所示。

图6-16　涂抹后的效果

图6-17　复制图层

（6）按Ctrl+Shift+Alt+E组合键，盖印所有可见图层，在图层面板中生成"图层2"图层，如图6-19所示。

图6-18　图像效果

图6-19　盖印图层

（7）选择工具箱中的模糊工具 ，在需要模糊的指甲上涂抹，使效果更加逼真，如图6-20所示。

图6-20　模糊效果

（8）在工具箱中选择多边形工具[　]，在工具选项栏中设置参数如图6-21所示。

图6-21　设置参数

（9）在图像窗口中拖动鼠标，绘制发光效果，如图6-22所示。

图6-22　绘制发光效果

6.3　沧桑岁月不再——光滑人物手部皮肤

　　手被称为人的第二张面孔，可见其在表现个人气质风采方面的重要性。而同时，手往往又是人进行各种体力劳动时不可或缺的原始工具。我们的双手不仅常常暴露于阳光和污染的空气中，而且不时浸入冷水与碱性的肥皂液、清洗液中，最易呈现老化现象。

　　本实例将使用"曲线"调整命令、"表面模糊"命令、"高反差保留"命令和图层混合模式等，使人物的手部皮肤光洁一新，更加晶莹剔透，效果如图6-23所示。

图6-23 光滑人物手部皮肤

（1）启用Photoshop后，执行"文件"|
"打开"命令，在"打开"对话框中选择人
物素材，单击"打开"按钮，打开素材，如
图6-24所示。

（2）单击"调整"面板中的"曲线"按
钮，添加曲线调整图层，调整曲线如图6-
25所示，通过调整，图像效果如图6-26所示。

（3）按Ctrl+Shift+Alt+E快捷键，盖印
所有可见图层，系统自动生成"图层1"图
层，如图6-27所示。

图6-24 打开素材

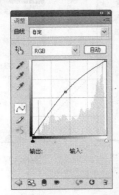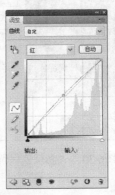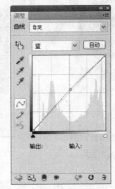

图6-25 "曲线"调整

图6-26 "曲线"调整的效果

图6-27 盖印图层

（4）执行"滤镜"|"模糊"|"表面模糊"命令，弹出"表面模糊"对话框，设置参数如图6-28所示，单击"确定"按钮，得到如图6-29所示的效果。

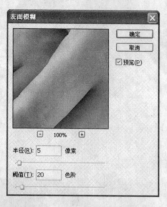

图6-28　"表面模糊"对话框

图6-29　"表面模糊"效果

（5）在图层面板中单击选中"图层1"图层，按住鼠标将其拖动至"创建新图层"按钮上，复制得到"图层1副本"图层，如图6-30所示。

（6）执行"滤镜"|"其他"|"高反差保留"命令，弹出"高反差保留"对话框，设置参数如图6-31所示，单击"确定"按钮。

（7）设置"图层1副本"图层的"混合模式"为"线性光"，图层面板如图6-32所示，得到效果如图6-33所示。

图6-30　复制图层

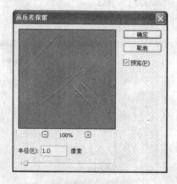

图6-30　"高反差保留"
对话框

图6-32　设置图层属性

图6-33　"线性光"效果

（8）按Ctrl+Shift+Alt+E快捷键，盖印所有可见图层，系统自动生成"图层2"图层，设置"图层2"图层的"混合模式"为"滤色"、"不透明度"为20%，图层面板如图6-34所示，得到效果如图6-35所示。

图6-34　设置图层属性

图6-35　"滤色"效果

6.4　完美玉臂——人物手臂的美白

本实例先通过"高斯模糊"滤镜光滑皮肤，然后载入高光选区填充白色，最后设置图层"混合模式"和"不透明度"，完成实例的制作。人物手臂的美白效果如图6-36所示。

图6-36　人物手臂的美白效果

（1）启用Photoshop后，执行"文件"|"打开"命令，在"打开"对话框中选择人物素材，单击"打开"按钮，打开素材，如图6-37所示。

（2）按Ctrl+J快捷键，将"背景"图层复制一份，得到"背景副本"图层，如图6-38所示。

（3）执行"滤镜"|"模糊"|"高斯模糊"命令，弹出"高斯模糊"对话框，设置参数如图6-39所示。

（4）单击"确定"按钮，关闭"高斯模糊"对话框，人物效果如图6-40所示。

图6-37　人物素材

图6-38　复制图层　　　　　图6-39　"高斯模糊"对话框　　　　图6-40　"高斯模糊"效果

（5）单击图层面板上的"添加图层蒙版"按钮 ，为背景副本图层添加图层蒙版。按D键，恢复前景色和背景色为默认的黑白颜色，按Ctrl+Delete快捷键，填充蒙版为黑色，然后选择画笔工具，在人物面部皮肤上涂抹，此时图层面板如图6-41所示，人物效果如图6-42所示。

（6）切换至通道面板，如图6-43所示。

图6-41　图层面板　　　　　　　图6-42　图像效果　　　　　　　图6-43　通道面板

（7）分别单击查看"红"、"绿"和"蓝"颜色通道，因为红通道效果最为明亮，如图6-44所示，所以这里选择红通道，如图6-45所示。

（8）按住Ctrl键的同时，单击红通道缩览图，载入通道选区，如图6-46所示。

（9）返回图层面板，单击图层面板中的"创建新图层"按钮，新建一个图层，单击工具箱中的"前景色"色块，弹出"拾色器（前景色）"对话框，设置颜色为白色，单击"确定"按钮，退出对话框，按Alt+Delete快捷键，填充颜色，如图6-47所示。

（10）执行"选择"|"取消选择"命令，或按Ctrl+D快捷键，取消选择，如图6-48所示。

（11）在图层面板中设置"图层1"图层的"混合模式"为"柔光"，图层面板如图6-49所示，图像效果如图6-50所示。

图6-44 "红"通道效果

图6-45 选择红通道

图6-46 载入通道选区

图6-47 填充白色

图6-48 取消选择

图6-49 设置图层属性

（12）按住Alt键的同时，移动光标至分隔两个图层的实线上，当光标显示为 形状时，单击鼠标左键，创建剪贴蒙版，此时图层面板如图6-51所示，人物效果如图6-52所示。

图6-50 "柔光"效果

图6-51 添加剪贴蒙版

图6-52 剪贴蒙版效果

（13）在图层面板中单击选中"图层1"图层，按住鼠标将其拖动至"创建新图层"按钮 上，复制得到"图层1副本"图层，如图6-53所示。

（14）在图层面板中设置"图层1副本"图层的"不透明度"为20%，此时图层面板如图6-54所示，图像效果如图6-55所示。

图6-53　复制图层

图6-54　设置图层属性

图6-55　最终效果

6.5　速变纤纤手臂——制作纤细手臂

本实例主要运用"液化"命令中的向前变形工具将人物的手臂变细，去除多余的赘肉，效果如图6-56所示。

图6-56　制作纤细手臂

（1）启动Photoshop CS4，执行"文件"|"打开"命令，在"打开"对话框中选择人物素材，单击"打开"按钮，打开素材，如图6-57所示。

（2）将"背景"图层拖到"图层"控制面板下方的"创建新图层"按钮 上进行复制，生成新的"背景副本"图层，如图6-58所示。

图6-57　打开素材

图6-58　复制图层

（3）执行"滤镜"|"液化"命令，弹出"液化"对话框，在左侧选择向前变形工具 ，在右侧"工具选项"面板中设置参数如图6-59所示。

（4）移动鼠标至如图6-60所示的位置，运用向前变形工具 向右拖动鼠标，进行变形，如图6-61所示。

图6-59 设置参数

图6-60 移动鼠标

（5）单击"确定"按钮，退出对话框，最终效果如图6-62所示。

图6-61 向右拖动鼠标

图6-62 最终效果

6.6 轻松PS帮助你炫出玉指——拉长手指

本实例首先运用磁性套索工具建立手指的选区，然后应用"自由变换"命令，达到拉长手指的效果，最后运用仿制图章工具擦除掉原来的手指部分，效果如图6-63所示。

图6-63 拉长手指

（1）启用Photoshop后，执行"文件"｜"打开"命令，在"打开"对话框中选择人物素材，单击"打开"按钮，打开素材，如图6-64所示。

（2）选择工具箱中的磁性套索工具，围绕人物的小拇指单击并拖动鼠标，建立选区如图6-65所示。

图6-64　人物素材

图6-65　建立选区

 移动选区时如果只是小范围移动选区，或要求准确地移动选区时，可以使用键盘上的←、→、↑和↓四个光标移动键来移动选区。按下Shift+光标移动键，可以一次移动10个像素的位置。

（3）选择背景图层，按Ctrl+C快捷键复制选区内的图形，单击图层面板中的"创建新图层"按钮，新建一个图层，得到"图层1"图层，按Ctrl+V快捷键粘贴选区内的图形，如图6-66所示。

（4）执行"编辑"｜"自由变换"命令，按快捷键Ctrl+T，进入自由变换状态，对象周围出现控制手柄，如图6-67所示。

图6-66　复制及粘贴选区内的图形

图6-67　自由变换状态

（5）移动鼠标光标至左侧中间的控制手柄上，当光标变为状时，按住鼠标并向左拖动，如图6-68所示。

（6）拖动至合适位置时释放鼠标，按Enter键确定操作，得到如图6-69所示的效果。

（7）在图层面板中单击选中"背景"图层，按住鼠标将其拖动至"创建新图层"按钮上，复制得到"背景副本"图层，图层面板如图6-70所示。

图6-68　拖动鼠标

图6-69　确定调整

（8）选中工具箱中的仿制图章工具 ，在选项栏中选择合适大小的画笔，然后移动光标至背景位置，按下Alt键单击鼠标进行取样，此时的光标显示为❖形状。松开Alt键，移动光标至小拇指上，按住鼠标左键涂抹，使多余的部分被涂抹擦除，为方便看到效果，可单击"图层1"图层前面的 ◉ 按钮，将该图层隐藏，效果如图6-71所示。

图6-70　复制图层

图6-71　涂抹掉多余的部分

（9）单击"图层1"图层前面的 ▇ 按钮，显示图层，效果如图6-72所示。

（10）运用同样的操作方法，拉长其他的手指，完成实例的制作，最终效果如图6-73所示。

图6-72　显示图层

图6-73　最终效果

第7章

人物腿部的修饰

本章通过5个实例，详细介绍人物腿部的美容，还你一双完美的玉腿。

7.1　美腿不是问题——美腿的制作

　　腿是女人性感的支点，是种张扬和开放的性感。女人迷人、纤长的美腿，也总是性感的焦点，一个女人是不是一个美女，权衡的标准之一是有没有一双修长的美腿。

　　本实例首先运用磁性套索工具建立腿的选区，然后应用"自由变换"命令，达到拉长的效果，最后运用仿制图章工具擦除掉原来的部分，效果如图7-1所示。

图7-1　美腿的制作效果

图7-2　人物素材

　　（1）启用Photoshop后，执行"文件"|"打开"命令，在"打开"对话框中选择人物素材，单击"打开"按钮，打开素材，如图7-2所示。

　　（2）选择工具箱中的磁性套索工具，围绕人物的腿单击并拖动鼠标，建立选区如图7-3所示。

　　（3）选择背景图层，按Ctrl+C快捷键复制选区内的图形，单击图层面板中的"创建新图层"按钮，新建一个图层，得到"图层1"图层，按Ctrl+V快捷键粘贴选区内的图形，如图7-4所示。

（4）执行"编辑"|"自由变换"命令，或按快捷键Ctrl+T，进入自由变换状态，对象周围出现控制手柄，如图7-5所示。

图7-3　建立选区

图7-4　复制选区

图7-5　自由变换状态

（5）移动鼠标光标至下侧中间的控制手柄上，当光标变为⇕状时，按住鼠标并向下拖动，如图7-6所示。

（6）拖动至合适位置时释放鼠标，按Enter键确定操作，得到如图7-7所示的效果。

（7）在图层面板中单击选中"背景"图层，按住鼠标将其拖动至"创建新图层"按钮 🔲 上，复制得到"背景副本"图层，图层面板如图7-8所示。

图7-6　拖动鼠标

图7-7　确定调整

图7-8　复制图层

（8）选中工具箱中的仿制图章工具 🖈，在选项栏中选择合适大小的画笔，然后移动光标至背景位置，按下Alt键单击鼠标进行取样，此时的光标显示为⊕形状。松开Alt键，移动光标至人物的腿部，按住鼠标左键涂抹，腿部被涂抹擦除，为方便读者看到效果，单击"图层1"图层前面的 👁 按钮，将该图层隐藏，效果如图7-9所示。

（9）单击"图层1"图层前面的 ▢ 按钮，显示图层，效果如图7-10所示。

提示　按住Alt键单击图层的眼睛图标 👁，可显示/隐藏除本图层外的所有其他图层。

图7-9　涂抹掉多余的部分　　　　　　　　图7-10　最终效果

7.2　黑色丝袜的诱惑——添加丝袜效果

　　丝袜——从女人的裙裾开始提高的那刻起就成了女人的莫逆之交。丝袜之于女人的腿如同粉底之于面孔，肉色的丝袜是淡妆，让肌肤光滑、肤色均匀健康，彩色的丝袜是浓妆，让女人扮出另一种风情。

　　本实例为美腿添加一双迷人的黑色丝袜，效果如图7-11所示。

图7-11　添加丝袜效果

　　（1）启用Photoshop后，执行"文件"｜"打开"命令，在"打开"对话框中选择人物素材，单击"打开"按钮，打开素材，如图7-12所示。

　　（2）选择工具箱中的磁性套索工具 ，围绕人物的腿单击并拖动鼠标，建立选区如图7-13所示。

　　（3）选择背景图层，按Ctrl+C快捷键复制选区内的图形，单击图层面板中的"创建新图层"按钮 ，新建一个图层，得到"图层1"图层，按Ctrl+V快捷键粘贴选区内的图形，如图7-14所示。

　　（4）执行"图像"｜"调整"｜"去色"命令，效果如图7-15所示。

图7-12 人物素材

图7-13 建立选区

图7-14 复制选区

（5）执行"图层"|"图层样式"|"图案叠加"命令，在弹出的"图层样式"对话框中设置参数如图7-16所示。

图7-15 去色效果

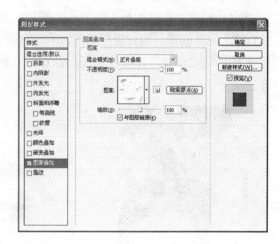

图7-16 "图层样式"对话框

（6）单击"确定"按钮，退出对话框，效果如图7-17所示。

（7）按住Ctrl键的同时，单击"图层1"图层，载入选区，单击图层面板中的"创建新图层"按钮 ，新建一个图层，得到"图层2"图层，其填充颜色为黑色，按Ctrl+D快捷键，取消选择，效果如图7-18所示。

（8）设置图层的"混合模式"为"叠加"、"不透明度"为30%，图层面板如图7-19所示，图像效果如图7-20所示。

图7-17 "图案叠加"效果

图7-18 填充黑色

图7-19 设置图层属性

图7-20 "叠加"效果

（9）按Ctrl+Shift+Alt+E组合键，盖印所有可见图层，执行"图像"|"调整"|"去色"命令，效果如图7-21所示。

（10）单击图层面板上的"添加图层蒙版"按钮 ，为"图层3"图层添加图层蒙版。按D键，恢复前景色和背景色为默认的黑白颜色，按Ctrl+Delete快捷键，填充蒙版为黑色，然后选择画笔工具 ，在人物鞋子上涂抹，此时图层面板如图7-22所示，人物效果如图7-23所示。

图7-21 去色效果

图7-22 添加图层蒙版

图7-23 最终效果

7.3 色调的和谐——更改丝袜颜色

彩色丝袜能让你的玉腿和足尖在薄如蝉翼的丝袜里若隐若现，展现出韵味无穷的朦胧之美；丰韵的色彩和织纹能令你的腿部更具吸引力，为玉足秀腿平添一层性感的光辉。

本实例为美腿更改丝袜颜色，效果如图7-24所示。

（1）启用Photoshop后，执行"文件"|"打开"命令，在"打开"对话框中选择人物素材，单击"打开"按钮，打开素材，如图7-25所示。

图7-24 更改丝袜颜色

(2) 选择工具箱中的磁性套索工具，围绕人物的腿单击并拖动鼠标，建立选区如图7-26所示。

(3) 选择背景图层，按Ctrl+C快捷键复制选区内的图形，单击图层面板中的"创建新图层"按钮，新建一个图层，得到"图层1"图层，按Ctrl+V快捷键粘贴选区内的图形，如图7-27所示。

图7-25 人物素材 图7-26 建立选区 图7-27 复制图形

(4) 单击"调整"面板中的"色相/饱和度"按钮，系统自动添加一个"色相/饱和度"调整图层，在"调整"面板中设置参数如图7-28所示。

(5) 在"调整"面板中单击按钮，创建剪贴蒙版，图层面板如图7-29所示，图像效果如图7-30所示。

图7-28 调整"色相/饱和度"参数

图7-29　创建剪贴蒙版　　　　　　　　　　　图7-30　图像效果

 如果对当前调整不满意，可以按住Alt键，将"取消"按钮切换为"复位"按钮，单击此按钮，图像可以恢复至调整前的状态。

7.4　修出完美腿型——快速为美女瘦腿

拥有纤细美丽的双腿是很多女性的梦想，然而在现代社会紧张忙碌的生活中，由于很多先天后天的原因，很多女性不得不对自己的腿说抱歉。

本实例首先运用磁性套索工具建立腿的选区，然后运用"自由变换"命令和"液化"滤镜，达到瘦腿的效果，最后运用仿制图章工具擦除掉原来的部分，快速为美女打造一双纤瘦美腿，效果如图7-31所示。

图7-31　快速为美女瘦腿

（1）启用Photoshop后，执行"文件"|"打开"命令，在"打开"对话框中选择人物素材，单击"打开"按钮，打开素材，如图7-32所示。

（2）选择工具箱中的磁性套索工具，围绕人物的腿部单击并拖动鼠标，建立选区如图7-33所示。

按Ctrl+H快捷键，可隐藏图像窗口中显示的当前选区，但当前选区并未取消，编辑操作时该选区仍起作用。

（3）选择背景图层，按Ctrl+C快捷键复制选区内的图形，单击图层面板中的"创建新图层"按钮 ，新建一个图层，得到"图层1"图层，按Ctrl+V快捷键粘贴选区内的图形，如图7-34所示。

图7-32　人物素材　　　　　图7-33　建立选区　　　　　图7-34　复制选区

（4）执行"编辑"|"自由变换"命令，或按快捷键Ctrl+T，进入自由变换状态，对象周围出现控制手柄，如图7-35所示。

（5）移动鼠标光标至左侧中间的控制手柄上，当光标变为↔状时，按住鼠标并向右拖动，如图7-36所示。

图7-35　自由变换状态　　　　　　　　　　图7-36　拖动鼠标

（6）拖动至合适位置时释放鼠标，按Enter键确定操作，得到如图7-37所示的效果。

（7）在图层面板中单击选中"背景"图层，按住鼠标将其拖动至"创建新图层"按钮 上，复制得到"背景副本"图层，图层面板如图7-38所示。

（8）选中工具箱中的仿制图章工具 ，在选项栏中选择合适大小的画笔，然后移动光标至背景位置，按下Alt键单击鼠标进行取样，此时的光标显示为⊕形状。松开Alt键，移动光标至腿部，按住鼠标左键进行涂抹，多余的部分被涂抹擦除，为方便读者看到效果，单击"图层1"图层前面的█按钮，将该图层隐藏，效果如图7-39所示。

图7-37　确定调整　　　　　　图7-38　复制图层　　　　　　图7-39　涂抹掉多余的部分

（9）单击"图层1"图层前面的█按钮，显示图层，效果如图7-40所示。

（10）选择工具箱中的磁性套索工具█，围绕人物的腿单击并拖动鼠标，建立选区如图7-41所示。

（11）选择背景图层，按Ctrl+C快捷键复制选区内的图形，单击图层面板中的"创建新图层"按钮█，新建一个图层，得到"图层2"图层，按Ctrl+V快捷键粘贴选区内的图形。

（12）执行"滤镜"|"液化"命令，弹出"液化"对话框，在左侧选择向前变形工具█，可通过按"]"键和"["键调整画笔的大小，如图7-42所示，然后拖动鼠标进行变形，如图7-43所示。

图7-40　显示图层　　　　　　图7-41　建立选区　　　　　　图7-42　调整画笔的大小

（13）单击"确定"按钮，退出对话框，参照前面同样的操作方法，运用仿制图章工具█擦除背景副本图层中多余的部分，最终效果如图7-44所示。

图7-43 变形

图7-44 最终效果

7.5 亮白美腿——光滑、美白腿部的皮肤

本实例通过设置图层的"混合模式"和调整"曲线"命令，光滑、美白腿部的皮肤，使皮肤白皙通透，效果如图7-45所示。

图7-45 光滑美白腿部的皮肤

（1）启用Photoshop后，执行"文件"|"打开"命令，在"打开"对话框中选择人物素材，单击"打开"按钮，打开素材，如图7-46所示。

（2）按Ctrl+J快捷键，将"背景"图层复制一份，得到"背景副本"图层，如图7-47所示。

图7-46 人物素材

图7-47 复制图层

（3）在图层面板中设置"背景副本"图层的"混合模式"为"滤色"，图层面板如图7-48所示，效果如图7-49所示。

图7-48　设置图层属性

图7-49　"滤色"效果

（4）单击"调整"面板中的"曲线"按钮，添加曲线调整图层，调整曲线如图7-50所示；选择绿通道选项，调整曲线如图7-51所示。

（5）通过调整，腿部皮肤更加白皙通透，效果如图7-52所示。

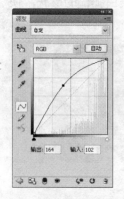

图7-50　调整曲线

图7-51　调整"绿"通道曲线

图7-52　最终效果

第8章

人物身体的修饰

修修雀斑、皱纹只能算是基本的编修技巧，进入数字时代，我们可以做得更多！除了玩玩数码化妆之外，我们还可以进行惊天动地的整容整形工程，不仅能够满足视觉上的需求，更棒的是，我们不用亲身感受那种皮肉之痛。

8.1 人人都可以拥有九头身——塑造完美身材比例

每个人都想拥有模特般完美的身材比例，本实例通过运用矩形选框工具和"自由变换"命令，快速打造完美的九头身身材，如图8-1所示。

图8-1 塑造完美身材比例

（1）启用Photoshop后，执行"文件"|"打开"命令，在"打开"对话框中选择人物素材，单击"打开"按钮，打开素材，如图8-2所示。

（2）在图层面板中单击选中"背景"图层，按住鼠标将其拖动至"创建新图层"按钮 ⬜ 上，复制得到"背景副本"图层，如图8-3所示。

（3）选择工具箱中的矩形选框工具 ⬚，在图像窗口中按住鼠标并拖动，绘制一个矩形选区，如图8-4所示。

图8-2 人物素材

（4）执行"编辑"｜"自由变换"命令，按快捷键Ctrl+T，进入自由变换状态，对象周围出现控制手柄，如图8-5所示。

图8-3　图层面板

图8-4　绘制选区

图8-5　自由变换状态

（5）移动鼠标光标至下侧中间的控制手柄上，当光标变为↕状时，按住鼠标并向下拖动，如图8-6所示。

（6）拖动至合适位置时释放鼠标，按Enter键确定操作，得到如图8-7所示的效果。

图8-6　拖动鼠标

图8-7　最终效果

8.2　时尚魅力秀出来——添加纹身效果

纹身图案越来越多样，很多明星和球员都喜欢纹身，这似乎成了一种时尚的标志。本实例通过设置图层的"混合模式"、"自由变换"命令和添加图层蒙版，为人物添加纹身效果，如图8-8所示。

（1）启用Photoshop后，执行"文件"｜"打开"命令，在"打开"对话框中选择人物素材和玫瑰花素材，单击"打开"按钮，打开素材，如图8-9和图8-10所示。

（2）选择工具箱中的移动工具，将玫瑰花素材拖动至人物素材文件中，系统自动生成"图层1"图层，设置图层的"混合模式"为"正片叠底"，图层面板如图8-11所示，图像效果如图8-12所示。

图8-8 添加纹身效果

图8-9 人物素材   图8-10 玫瑰花素材   图8-11 设置图层属性

（3）执行"编辑"|"变换"|"水平翻转"命令，水平翻转玫瑰花素材，效果如图8-13所示。

（4）按Ctrl+T快捷键，进入自由变换状态，对象周围出现控制手柄，将鼠标光标放于右上角控制手柄上，当鼠标指针变为 状时，按住Shift键的同时，按住鼠标并向内拖动，将图像等比例缩小，如图8-14所示。

图8-12 "正片叠底"效果   图8-13 水平翻转素材   图8-14 缩小图像

（5）拖动至合适位置时，释放鼠标，将鼠标光标放于右上角控制手柄上，当鼠标指针变为↰状时，按住鼠标并拖动，旋转图像，如图8-15所示。

（6）单击鼠标右键，在弹出的快捷菜单中选择"变形"选项，进入变形模式，照片图像上方显示出变形网格，如图8-16所示。

（7）在格网中拖动鼠标，或调整控制柄，可调整变形的形态，如图8-17所示。

图8-15　旋转图像　　　　　图8-16　变形模式　　　　图8-17　调整变形形态

（8）调整完成后，按Enter键确定操作，效果如图8-18所示。

（9）在图层面板中单击选择"背景"图层，单击"图层1"图层前面的◉按钮，将该图层隐藏，如图8-19所示。

（10）选择工具箱中的磁性套索工具，围绕白色肩带单击并拖动鼠标，建立选区如图8-20所示。

图8-18　变形效果　　　　　图8-19　隐藏图层　　　　图8-20　建立选区

（11）单击"图层1"图层前面的□按钮，显示图层。选择"图层1"图层，单击图层面板上的"添加图层蒙版"按钮◙，为"图层1"图层添加图层蒙版，此时图层面板如图8-21所示，图像效果如图8-22所示。

图8-21 添加图层蒙版

图8-22 最终效果

8.3 展现丰满体型——制作丰胸效果

拥有迷人又丰满的胸部，相信是每位美眉的梦想吧！但受先天遗传和后天营养不良影响的"太平公主"们总是因此而烦恼不已。

本实例通过椭圆选框工具、"球面化"命令、"液化"滤镜中的向前变形工具为平胸MM制作出丰胸效果，如图8-23所示。

图8-23 制作丰胸效果

（1）启动Photoshop CS4，执行"文件"|"打开"命令，在"打开"对话框中选择人物素材，单击"打开"按钮，打开素材，如图8-24所示。

（2）将"背景"图层拖到"图层"控制面板下方的"创建新图层"按钮 上进行复制，生成新的"背景副本"图层，如图8-25所示。

（3）选择椭圆选框工具 ，按住Shift键的同时拖动鼠标，绘制一个正圆选区，如图8-26所示。

（4）执行"选择"|"修改"|"羽化"命令，或按快捷键Shift+F6，弹出"羽化选区"对话框，设置参数如图8-27所示。单击"确定"按钮，退出该对话框。

图8-24　打开素材

图8-25　复制图层

图8-26　绘制选区

（5）执行"滤镜"|"扭曲"|"球面化"命令，弹出"球面化"对话框，设置参数如图8-28所示。

（6）单击"确定"按钮，退出该对话框，效果如图8-29所示。

图8-27　"羽化选区"对话框

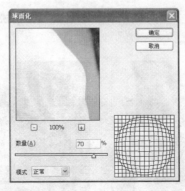

图8-28　"球面化"对话框

图8-29　"球面化"效果

图8-30　取消选择

（7）执行"选择"|"取消选择"命令或按下Ctrl+D，取消选择，如图8-30所示。

（8）执行"滤镜"|"液化"命令，弹出"液化"对话框，在左侧选择向前变形工具，在右侧"工具选项"面板中设置参数如图8-31所示。

（9）移动鼠标至如图8-32所示的位置，运用向前变形工具向右拖动鼠标，进行变形，如图8-33所示。

图8-31 设置参数　　　　　图8-32 鼠标位置　　　　图8-33 向右拖动鼠标

（10）在右侧"工具选项"面板中设置参数如图8-34所示。

（11）移动鼠标至如图8-35所示的位置，继续运用向前变形工具 ，向左拖动鼠标，使变形过渡自然一些，得到如图8-36所示的效果。

图8-34 设置参数　　　　图8-35 移动鼠标的位置　　　图8-36 向左拖动鼠标

（12）单击"确定"按钮，退出对话框，最终效果如图8-37所示。

 "液化"滤镜是修饰图像和创建艺术效果的强大工具，它能够非常灵活地创建推拉、扭曲、旋转、收缩等变形效果，可以修改图像的任意区域。

图8-37 最终效果

8.4 做平腹美脐小"腰"精——制作平腹效果

长期坐办公室的女性，小腹容易变得越来越松弛。本实例通过套索工具建立小腹的选区，通过"自由变换"调整，以及"液化"滤镜中的向前变形工具制作平腹效果，轻松拥有"魔鬼"体态，最后运用磁性套索工具和仿制图章工具制作背景，完成实例的制作，效果如图8-38所示。

图8-38 制作平腹效果

（1）启用Photoshop后，执行"文件"|"打开"命令，在"打开"对话框中选择人物素材，单击"打开"按钮，打开素材，如图8-39所示。

（2）在图层面板中单击选中"背景"图层，按住鼠标将其拖动至"创建新图层"按钮 上，复制得到"背景副本"图层，如图8-40所示。

（3）选择工具箱中的套索工具 ，单击并拖动鼠标，建立选区如图8-41所示。

图8-39 人物素材　　　　　　图8-40 图层面板　　　　　　图8-41 建立选区

（4）执行"选择"|"修改"|"羽化"命令，或按快捷键Shift+F6，弹出"羽化选区"对话框，设置参数如图8-42所示。单击"确定"按钮，退出该对话框。

（5）按Ctrl+T快捷键，进入自由变换状态，单击鼠标右键，在弹出的快捷菜单中选择"变形"选项，进入变形模式，照片图像上方显示出变形网格，如图8-43所示。

（6）在格网中拖动鼠标，或调整控制柄，可调整网格，如图8-44所示。

图8-42 "羽化选区"对话框　　　图8-43 变形模式　　　图8-44 调整网格

（7）调整完成后，按Enter键确定操作，效果如图8-45所示。

（8）执行"滤镜"|"液化"命令，弹出"液化"对话框，在左侧选择向前变形工具，在右侧"工具选项"面板中设置参数如图8-46所示。

（9）移动鼠标至小腹的位置，运用向前变形工具向左拖动鼠标，进行变形，如图8-47所示。

图8-45 变形效果　　　图8-46 设置参数　　　图8-47 向左变形

（10）单击"确定"按钮，退出对话框，效果如图8-48所示。

（11）运用"液化"命令后，布纹变得扭曲了，下面将其还原。选择工具箱磁性套索工具，围绕小腹边缘单击并拖动鼠标，建立选区如图8-49所示。

（12）按Ctrl+J快捷键，复制选区至新的图层，将图层顺序放置在顶层，如图8-50所示。

（13）按住Ctrl键的同时，单击"图层1"图层的缩览图，载入选区，如图8-51所示。

（14）选中工具箱中的仿制图章工具，在选项栏中选择合适大小的画笔，然后移动光标至图像窗口的蓝色布纹上，按下Alt键单击鼠标进行取样，此时的光标显示为⊕形状。松开

Alt键，移动光标至左侧边缘位置，按住鼠标左键涂抹，多余的部分被涂抹擦除，如图8-52所示。

图8-48 变形的效果

图8-49 建立选区

图8-50 复制选区

（15）执行"选择"|"取消选择"命令或按下Ctrl+D快捷键，取消选择，如图8-53所示。

图8-51 载入选区

图8-52 擦除多余的部分

图8-53 取消选择

8.5 塑造美臀——制作翘臀效果

拥有丰满、挺翘的臀部是每个女性的梦想。本实例通过椭圆选框工具建立臀部选区、运用"球面化"命令制作出膨胀效果、运用"液化"滤镜中的向前变形工具制作翘臀效果，如图8-54所示。

（1）启动Photoshop CS4，执行"文件"|"打开"命令，在"打开"对话框中选择人物素材，单击"打开"按钮，打开素材，如图8-55所示。

（2）将"背景"图层拖到"图层"控制面板下方的"创建新图层"按钮 上进行复制，生成新的"背景副本"图层，如图8-56所示。

（3）选择椭圆选框工具 ，按住Shift键的同时拖动鼠标，绘制一个正圆选区，如图8-57所示。

图8-54 制作翘臀效果

（4）执行"选择"|"修改"|"羽化"命令，或按快捷键Shift+F6，弹出"羽化选区"对话框，设置参数如图8-58所示。单击"确定"按钮，退出该对话框。

图8-55 打开素材 　　　　图8-56 复制图层 　　　　图8-57 绘制选区

（5）执行"滤镜"|"扭曲"|"球面化"命令，弹出"球面化"对话框，设置参数如图8-59所示。

（6）单击"确定"按钮，退出该对话框，效果如图8-60所示。

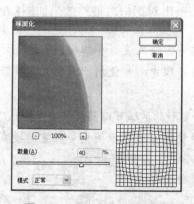

图8-58 "羽化选区"对话框 　　　图8-59 "球面化"对话框 　　　图8-60 "球面化"效果

（7）执行"选择"｜"取消选择"命令或按下Ctrl+D快捷键，取消选择，如图8-61所示。

（8）执行"滤镜"｜"液化"命令，弹出"液化"对话框，在左侧选择向前变形工具，在右侧"工具选项"面板中设置参数，如图8-62所示。

图8-61　取消选择　　　　　　　　　　　　　　　图8-62　设置参数

（9）移动鼠标至如图8-63所示的位置，运用向前变形工具向右拖动鼠标，进行变形，如图8-64所示。

图8-63　鼠标的位置　　　　　　　　　　　　图8-64　向右拖动鼠标进行变形

（10）单击"确定"按钮，退出对话框，最终效果如图8-65所示。

使用"液化"滤镜可非常方便地变形和扭曲图像，就好像这些区域已被熔化而像液体一样。在数码照片处理中，常使用"液化"工具修饰脸形或身材，或得到怪异的变形效果。

在扭曲图像时，不需要变形的区域可以将其"冻结"，"冻结"的区域也可以"解冻"，使它们能被重新编辑。还可以使用多种重建模式全部或部分地进行反向扭曲。

图8-65　最终效果

8.6　告别平凡——给身体添加彩绘

人体彩绘是一种新兴的艺术形式，是美容师运用色彩在人的身体四肢上绘画出各种各样的图案，跟一般画家在画布上用油彩作画不一样，彩绘艺术的载体是具有动感和生命力的人的身体，它是流动的、立体的艺术作品。

本实例通过设置图层的"混合模式"、"自由变换"命令和添加图层蒙版，为人物添加彩绘效果，如图8-66所示。

图8-66　给身体添加彩绘

（1）启用Photoshop后，执行"文件" | "打开"命令，在"打开"对话框中选择人物素材和樱花素材，单击"打开"按钮，打开素材，如图8-67和图8-68所示。

（2）选择工具箱中的移动工具，将樱花素材拖动至人物素材文件中，系统自动生成"图层1"图层，设置图层的"混合模式"为"正片叠底"，图层面板如图8-69所示，图像效果如图8-70所示。

（3）执行"编辑" | "变换" | "垂直翻转"命令，垂直翻转樱花素材，效果如图8-71所示。

图8-67　人物素材

图8-68　樱花素材

图8-69　图层面板

图8-70　"正片叠底"效果

（4）按Ctrl+T快捷键，进入自由变换状态，对象周围出现控制手柄，将鼠标光标放于右上角的控制手柄上，当鼠标指针变为↖状时，按住Shift键的同时，按住鼠标向内拖动，将图像等比例缩小，如图8-72所示。

图8-71　垂直翻转

图8-72　缩小图像

（5）拖动至合适位置时，释放鼠标，将鼠标光标放于右上角控制手柄上，当鼠标指针变为↱状时，按住鼠标并拖动，旋转图像，如图8-73所示。

（6）单击鼠标右键，在弹出的快捷菜单中选择"变形"选项，进入变形模式，照片图像上方显示出变形网格，如图8-74所示。

图8-73 旋转图像

图8-74 变形模式

（7）在格网中拖动鼠标，或调整控制手柄，可调整网格，如图8-75所示。

（8）调整完成后，按Enter键确定操作，效果如图8-76所示。

图8-75 调整网格变形

图8-76 变形效果

（9）选择工具箱中的套索工具 ，单击并拖动鼠标，建立选区，如图8-77所示。

（10）按Ctrl+J快捷键，复制选区中的三朵花至新的图层，设置图层的"混合模式"为"正片叠底"，参照前面同样的操作方法，垂直翻转并调整好其大小和位置，如图8-78所示。

图8-77 建立选区

图8-78 调整复制的花朵

（11）运用同样的操作方法，再次复制花朵，进行调整后即可完成实例的制作。

8.7 凹凸身材秀出来——制作S形曲线身材

不知道什么时候骨感成了好身材的标准，所有女人都为了拥有苗条身材而节食，其实，真正的好身材不是瘦得一塌糊涂，而是拥有完美曲线。

本实例通过运用"液化"滤镜中的向前变形工具制作S形曲线身材，效果如图8-79所示。

图8-79 制作S形曲线身材

（1）启动Photoshop CS4，执行"文件"|"打开"命令，在"打开"对话框中选择人物素材，单击"打开"按钮，打开素材，如图8-80所示。

（2）将"背景"图层拖到"图层"控制面板下方的"创建新图层"按钮 上进行复制，生成新的"背景副本"图层，如图8-81所示。

（3）执行"滤镜"|"液化"命令，弹出"液化"对话框，在左侧选择向前变形工具，在右侧"工具选项"面板中设置参数如图8-82所示。

图8-80 打开素材　　　　图8-81 复制图层　　　　图8-82 设置参数

（4）移动鼠标至如图8-83所示的位置，运用向前变形工具 向右拖动鼠标，进行变形，如图8-84所示。

（5）在右侧"工具选项"面板中设置参数如图8-85所示。

图8-83 移动鼠标

图8-84 向右拖动鼠标进行变形

图8-85 设置参数

（6）移动鼠标至如图8-86所示的位置，继续运用向前变形工具 ，向左拖动鼠标，使变形的过渡更加自然，得到如图8-87所示的效果。

（7）单击"确定"按钮，退出对话框，最终效果如图8-88所示。

图8-86 鼠标位置

图8-87 向左拖动鼠标进行变形

图8-88 最终效果

 在"液化"对话框中，如果只想更改当前图层中的部分内容，可使用选择工具选择要更改的区域。

8.8 让时装说出你的态度——更换衣服图案

有句话说"女人的衣橱永远少了一件衣服"，每次出去玩总是找不到适合的衣服，每次拍照都对照片中的衣服嫌东嫌西，假如你也有这样的困扰，这里我们教你一个既经济又实惠的方法，让你可以随心所欲地变换衣服的花样和颜色！

本实例将人物素净的白裙子换成印有蓝色花纹的裙子，效果如图8-89所示。

图8-89 更换衣服颜色和图案

（1）启动Photoshop CS4，执行"文件"|"打开"命令，打开如图8-90所示的人物素材。

（2）选择工具箱中的磁性套索工具，围绕人物的裙子单击鼠标并拖动，绘制出如图8-91所示的选区。

（3）按Ctrl+J快捷键，复制选区至新建的图层，得到"图层1"图层，如图8-92所示。按Ctrl+Shift+U快捷键，将图层去色。

图8-90 打开素材　　　　　图8-91 路径绘制　　　　　图8-92 复制图层

（4）执行"文件"|"打开"命令，打开一张花纹素材，如图8-93所示。

（5）运用移动工具，将花纹素材添加至人物文件中，调整好合适的大小和位置，如图8-94所示。

（6）将花纹素材复制多份，调整好位置，如图8-95所示，将花纹图层全部合并。

（7）设置花纹图层的"混合模式"为"正片叠底"，效果如图8-96所示。

（8）选中"图层1"，按住Ctrl键的同时单击图层缩略图，载入选区，如图8-97所示。

（9）保留选区，选中材质素材所在图层，单击图层面板上的"添加图层蒙版"按钮，为图层添加图层蒙版，效果如图8-98所示。

图8-93 花纹素材

图8-94 添加花纹素材

图8-95 复制花纹素材

图8-96 "正片叠底"效果

图8-97 载入选区

图8-98 添加图层蒙版的效果

（10）单击"调整"面板中的"亮度/对比度"按钮 ，系统自动添加一个"亮度/对比度"调整图层，设置参数如图8-99所示，此时图像效果如图8-100所示。

图8-99 调整"亮度/对比度"参数

图8-100 最终效果

8.9 不要单调的服装——为人物衣服添加印花效果

本实例通过使用移动工具，设置图层"混合模式"，添加图层蒙版，运用加深工具、减淡工具和"色相/饱和度"调整命令，为人物的衣服添加可爱的小熊图案，如图8-101所示。

图8-101　为人物衣服添加印花图案的效果

（1）启用Photoshop后，执行"文件"|"打开"命令，在"打开"对话框中选择人物素材和小熊素材，单击"打开"按钮，打开素材，如图8-102和图8-103所示。

图8-102　人物素材　　　　　　　　　　图8-103　小熊素材

（2）选择工具箱中的移动工具，将小熊素材拖动至人物素材文件中，如图8-104所示，系统自动生成"图层1"图层。

（3）设置"图层1"图层的"混合模式"为"正片叠底"，图层面板如图8-105所示，图像效果如图8-106所示。

（4）单击图层面板上的"添加图层蒙版"按钮，为"图层1"图层添加图层蒙版。编辑图层蒙版，设置前景色为黑色，选择画笔工具，按"["或"]"键调整合适的画笔大小，在背景上涂抹，图层面板如图8-107所示，图像效果如图8-108所示。

（5）运用加深工具和减淡工具，顺着衣服的褶皱，涂抹出立体效果，如图8-109所示。

图8-104　添加素材

图8-105　设置图层属性

图8-106　"正片叠底"效果

图8-107　添加图层蒙版

图8-108　添加图层蒙版的效果

图8-109　涂抹出立体效果

（6）按住鼠标左键将"图层1"图层拖动到"图层"控制面板下方的"创建新图层"按钮　上进行复制，生成新的"图层1副本"图层，设置图层的"混合模式"为"柔光"，图层面板如图8-110所示，图像效果如图8-111所示。

（7）单击"调整"面板中的"色相/饱和度"按钮　，系统自动添加一个"色相/饱和度"调整图层，设置参数如图8-112所示。

（8）按住Alt键的同时，移动光标至图层面板中分隔"图层1副本"图层和"色相/饱和度1"图层之间的实线上，当光标显示为🔗形状时，单击鼠标左键，创建剪贴蒙版，使调整只作用于印花图案部分，此时图层面板如图8-113所示。

图8-110　复制图层

图8-111　"柔光"效果

图8-112　调整"色相/饱和度"参数

（9）通过调整，完成实例的制作，图像效果如图8-114所示。

图8-113　创建剪贴蒙版

图8-114　最终效果

8.10　五彩颜色随意换——更换衣服颜色

使用"替换颜色"命令可以在图像中选定特定颜色的图像范围，然后替换其中的颜色。相当于先使用"色彩范围"命令选定某个图像区域，然后使用"色相/饱和度"命令调整该区域的颜色。例如运用该命令替换衣服颜色的效果如图8-115所示。

（1）启动Photoshop CS4，执行"文件"|"打开"命令，在"打开"对话框中选择人物素材，单击"打开"按钮，打开素材，如图8-116所示。

（2）将"背景"图层拖到"图层"控制面板下方的"创建新图层"按钮 🔲 上进行复制，生成新的"背景副本"图层，如图8-117所示。

图8-115　更换衣服颜色

图8-116　打开素材　　　　　　　　　　图8-117　生成"背景副本"图层

（3）执行"图像"|"调整"|"替换颜色"命令，打开"替换颜色"对话框，如图8-118所示。

（4）选择对话框中的吸管工具 ✐，单击图像中要选择的颜色区域，使该图像中所有与单击处相同或相近的颜色被选中。

（5）如果需要选择不同的几个颜色区域，可以在选择一种颜色后，单击"添加到取样"吸管工具 ✐，在图像中单击其他需要选择的颜色区域，如图8-119所示。

图8-118　"替换颜色"对话框　　　　　　　图8-119　添加颜色

（6）如果需要在已有的选区中去除某部分选区，可以单击"从取样中减去"吸管工具 ✐，在图像中单击需去除的颜色区域。拖动"颜色容差"滑块，可调整颜色区域的大小。

（7）在"替换"选项组中设置"色相"为－60、"饱和度"为0、"明度"为20，如图8-120所示。

（8）单击"确定"按钮，退出"替换颜色"对话框，效果如图8-121所示。

图8-120　设置参数

图8-121　替换颜色的效果

第9章

人物照片的其他修饰

这一章我们要为相片做大改造，如果已经是很满意的照片，通过使用Photoshop中的各种滤镜、色调的转换等，可以让照片变得更吸引人；如果只是一张看似平淡无味的照片，经过用心的调整，则能使照片别有一番味道！

9.1 去除照片中的多余部分——删除照片中的多余人物

本实例主要运用磁性套索工具将要保留的人物选择出来，运用"高斯模糊"命令模糊背景，删除照片中的多余人物，最后运用"亮度/对比度"调整命令以及通过设置图层的"混合模式"、"不透明度"来调整照片，完成实例的制作，效果如图9-1所示。

图9-1 删除照片中的多余人物

（1）启动Photoshop，执行"文件"|"打开"命令，在"打开"对话框中选择素材图像，单击"打开"按钮，打开素材。

（2）选择工具箱磁性套索工具，围绕人物建立选区，如图9-2所示。

（3）按Ctrl+J快捷键，将选择的人物部分复制至新的图层中，如图9-3所示。

图9-2 建立选区

图9-3 复制图像至新图层

（4）选择背景图层，执行"滤镜"|"模糊"|"高斯模糊"命令，弹出"高斯模糊"对话框，设置参数如图9-4所示。

（5）单击"确定"按钮，退出"高斯模糊"对话框，效果如图9-5所示。

图9-4　"高斯模糊"参数设置　　　　　图9-5　"高斯模糊"效果

（6）单击"调整"面板中的"亮度/对比度"按钮，添加"亮度/对比度"调整图层，设置参数，如图9-6所示。调整"亮度/对比度"参数后，效果如图9-7所示。

图9-6　调整"亮度/对比度"参数　　　图9-7　"亮度/对比度"调整效果

（7）选择"图层1"图层，按Ctrl+Shift+Alt+E组合键，盖印所有可见图层，在图层面板中自动生成"图层2"图层，设置图层的"混合模式"为"滤色"、"不透明度"为85%，如图9-8所示。

（8）通过添加"滤色"混合模式，这里便完成了实例的制作，最终效果如图9-9所示。

图9-8　图层面板　　　　　　　　　图9-9　最终效果

9.2 别让背景抢了你的风头——突出照片的主体

有时候由于受条件限制（如没有大光圈、长焦聚的镜头等）拍出的人物照片的背景和人物一样清晰，显得很杂乱，这时要突出人物就需要使用Photoshop中的模糊滤镜来帮忙了。

本实例首先运用"高斯模糊"命令模糊背景，再添加图层蒙版保持人物不被模糊，效果如图9-10所示。

图9-10 突出人物的效果

（1）启用Photoshop后，执行"文件"|"打开"命令，在"打开"对话框中选择人物素材，单击"打开"按钮，打开素材，如图9-11所示。

（2）在图层面板中单击选中"背景"图层，按住鼠标将其拖动至"创建新图层"按钮上，复制得到"背景副本"图层，如图9-12所示。

图9-11 人物素材 　　　　　　　图9-12 复制图层

（3）执行"滤镜"|"模糊"|"高斯模糊"命令，弹出"高斯模糊"对话框，设置参数如图9-13所示。

（4）单击"确定"按钮，关闭"高斯模糊"对话框，模糊效果如图9-14所示。

（5）单击图层面板上的"添加图层蒙版"按钮，为"背景副本"图层添加图层蒙版。选择渐变工具，单击选项栏中的渐变列表框的下拉按钮，从弹出的渐变列表中选择"黑白"渐变，按下"线性渐变"按钮，在图像窗口中按住并拖动鼠标，填充黑白线性渐变，图层面板如图9-15所示，效果如图9-16所示。

图9-13　"高斯模糊"参数设置

图9-14　"高斯模糊"效果

图9-15　添加图层蒙版

图9-16　添加图层蒙版的效果

　　(6) 设置前景色为黑色，选择画笔工具 ，按"["或"]"键调整合适的画笔大小，在人物图像上涂抹，此时图层面板如图9-17所示，人物效果如图9-18所示。

图9-17　编辑图层蒙版

图9-18　编辑图层蒙版的效果

9.3　不要模糊——使模糊照片清晰化

　　在日常拍照中，由于各种外界因素和个人拍摄技巧等问题，常常导致一张构图不错的照片模糊不清。本实例通过运用"照亮边缘"滤镜、"高斯模糊"滤镜、"色阶"调整命令、"绘画涂抹"滤镜和设置图层的"混合模式"、"不透明度"等操作，将模糊照片清晰化，效果如图9-19所示。

图9-19 使模糊照片清晰化的效果

（1）启动Photoshop，执行"文件"|"打开"命令，在"打开"对话框中选择素材图像，单击"打开"按钮，打开素材照片，如图9-20所示。

（2）切换至通道面板，观察RGB三个通道，最后发现绿通道中的信息比较丰富，质量较高，所以这里选择绿通道，效果如图9-21所示。

图9-20 打开的素材 图9-21 绿通道效果

 照片中的人物有些模糊，主要是因为对焦不准形成的，如果直接用USM滤镜锐化，则不能识别图像的真正轮廓，而只能靠识别像素间的反差来辨别，所以需要用通道来帮忙！

（3）在绿通道上按住鼠标并拖动，至"创建新通道"按钮 上释放鼠标，复制绿通道为绿副本通道，如图9-22所示。

（4）执行"滤镜"|"风格化"|"照亮边缘"命令，弹出"照亮边缘"对话框，设置参数如图9-23所示。

 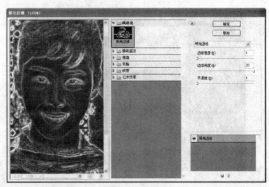

图9-22 复制绿通道 图9-23 设置"照亮边缘"参数

（5）单击"确定"按钮，退出"照亮边缘"对话框，执行"滤镜"|"模糊"|"高斯模糊"命令，弹出"高斯模糊"对话框，设置参数如图9-24所示。

（6）单击"确定"按钮，退出"高斯模糊"对话框，效果如图9-25所示。

图9-24　"高斯模糊"参数设置

图9-25　模糊效果

（7）执行"图像"|"调整"|"色阶"命令，或按Ctrl+L快捷键，弹出"色阶"对话框，设置参数如图9-26所示。

（8）单击"确定"按钮，退出"色阶"对话框，现在黑白对比效果更加强烈了，效果如图9-27所示。

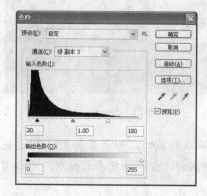

图9-26　"色阶"参数调整

图9-27　"色阶"调整效果

（9）选择工具箱中的画笔工具，设置前景色为黑色，在通道中涂抹，擦除不需要清晰处理的背景部分，如图9-28所示。

（10）单击通道面板中的"将通道作为选区载入"按钮，得到人物轮廓的选区，返回至图层面板，效果如图9-29所示。

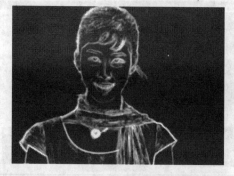

图9-28　涂抹背景

图9-29　得到选区

（11）保持对选区的选择状态，将背景图层复制一份，得到"背景副本"图层，执行"滤镜"|"艺术效果"|"绘画涂抹"命令，弹出"绘画涂抹"对话框，设置参数如图9-30所示。

（12）单击"确定"按钮，退出"绘画涂抹"对话框，按Ctrl+D快捷键，取消选择，效果如图9-31所示。

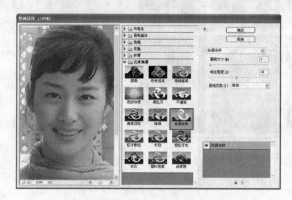

图9-30 "绘画涂抹"参数设置

图9-31 "绘画涂抹"效果

（13）将背景副本图层复制一份，得到"背景副本2"图层，设置图层的"混合模式"为"柔光"、"不透明度"为70%，图层面板如图9-32所示，此时图像效果如图9-33所示。

图9-32 图层面板

图9-33 最终效果

9.4 自己动手做寸照——制作标准一寸证件照

生活中经常会碰到需要使用证件照时候，每次都跑去照会很麻烦，本实例教大家用普通的照片自己做证件照，效果如图9-34所示。

在操作过程中，我们先使用通道抠图将人物选择出来，填充背景为红色，运用裁剪工具制作白色边框，从而制作出一张一寸照片，将这张照片定义为图案，新建一个文件，填充定义的图案，即可完成本实例的制作。

（1）启用Photoshop后，执行"文件"|"新建"命令，弹出"新建"对话框，在对话框中设置参数，如图9-35所示，单击"确定"按钮，新建一个空白文件。

（2）执行"文件"|"打开"命令，在"打开"对话框中选择人物素材图像，单击"打开"按钮，打开素材，如图9-36所示。

（3）运用移动工具 ，将人物素材添加至新建的文件中，调整好大小和位置，得到如图9-37所示的效果，此时图层面板如图9-38所示。

图9-34 制作标准一寸证件照

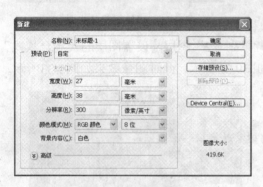

图9-35 "新建"对话框

图9-36 人物素材

（4）选择工具箱磁性套索工具，围绕人物建立选区，如图9-39所示。单击鼠标右键，在弹出的快捷菜单中选择"存储选区"选项，弹出"存储选区"对话框，单击"确定"按钮。

（5）切换至"通道"面板，分别单击查看"红"、"绿"和"蓝"颜色通道的效果，因为蓝通道黑白对比最强烈，选择蓝通道，如图9-40所示。

图9-37 调整大小和位置

图9-38 图层面板

图9-39 建立选区

（6）拖动"蓝"通道至"创建新通道"按钮，复制得到"蓝副本"通道，如图9-41所示。通道中的白色代表选取区域，黑色代表未选取区域。

（7）按下**Ctrl+L**快捷键，打开"色阶"调整对话框，向右移动阴影滑块，将灰色背景调整为黑色，向左移动白色滑块，使黑白对比更为明显，如图9-42所示，效果如图9-43所示。

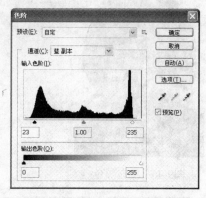

图9-40　"蓝"通道效果　　　　图9-41　复制"蓝"通道　　　　图9-42　"色阶"调整对话框

（8）执行"图像"|"调整"|"曲线"命令，在弹出的"曲线"对话框中调整曲线，如图9-44所示，头发已从背景中分离，效果如图9-45所示。

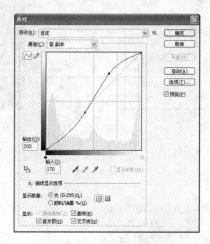

图9-43　"色阶"调整效果　　　　图9-44　"曲线"对话框　　　　图9-45　"曲线"调整效果

（9）按住**Ctrl**键的同时，单击Alpha通道缩览图，载入开始存储的选区，填充选区为黑色，如图9-46所示。

（10）选择画笔工具 ，设置前景色为白色，在背景上涂抹，将背景绘制成白色。再设置前景色为黑色，在头发内部区域涂抹，如图9-47所示。因为图像边缘已经使用色阶进行了调整，因此在使用画笔工具涂抹时会非常轻松。

（11）修改完成之后，按住**Ctrl**键的同时单击"绿副本"通道，载入通道选区，然后返回图层面板，图像效果如图9-48所示。

（12）单击工具箱中的"前景色"色块，弹出"拾色器（前景色）"对话框，设置颜色为红色（RGB参考值分别为R255、G0、B0），如图9-49所示。

（13）按Alt+Delete快捷键填充颜色，按Ctrl+D快捷键取消选择，效果如图9-50所示。

（14）设置背景色为白色，选择工具箱中的裁剪工具 ，绘制如图9-51所示的裁剪框，然后按Enter键，效果如图9-52所示。

图9-46　填充黑色

图9-47　涂抹图像

图9-48　载入选区的效果

图9-49　设置颜色

图9-50　填充颜色

（15）执行"编辑"|"定义图案"命令，弹出"图案名称"对话框，如图9-53所示，单击"确定"按钮，退出对话框。

图9-51　绘制裁剪框

图9-52　制作白边效果

图9-53　"图案名称"对话框

（16）按Ctrl+N快捷键，弹出"新建"对话框，在对话框中设置参数如图9-54所示，单击"确定"按钮，新建一个空白文件。

（17）执行"编辑"|"填充"命令，在弹出的"填充"对话框中选择刚才定义的"证件照"图案进行填充，设置参数如图9-55所示。

（18）单击"确定"按钮，退出对话框，最终效果如图9-56所示。

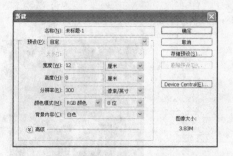

图9-54 新建空白文件

图9-55 "填充"对话框

图9-56 最终效果

9.5 别让光线影响你——修补曝光不足的照片

照片如果曝光不足，会导致出现细节损失，噪点增多，本实例通过"亮度/对比度"调整命令和"色彩平衡"调整命令的操作，修补曝光不足的照片，效果如图9-57所示。

图9-57 修补曝光不足的照片

（1）启动Photoshop CS4，执行"文件"|"打开"命令，打开一张素材图像，如图9-58所示。

（2）单击图层面板下方的"创建新的填充或调整图层"按钮 ，在弹出的快捷菜单中选择"亮度/对比度"命令，在图层面板上生成"亮度/对比度1"图层，同时在弹出的"亮度/

对比度"调整面板中进行参数设置，如图9-59所示，此时图像效果如图9-60所示。

图9-58　打开素材　　　图9-59　"亮度/对比度"参数调整　　　图9-60　"亮度/对比度"调整效果

　　（3）单击图层面板下方的"创建新的填充或调整图层"按钮 ，在弹出的快捷菜单中选择"亮度/对比度"命令，在图层面板中生成"亮度/对比度2"图层，同时在弹出的"亮度/对比度"调整面板中进行参数设置，如图9-61所示，此时图像效果如图9-62所示。

　　（4）单击图层面板下方的"创建新的填充或调整图层"按钮 ，在弹出的快捷菜单中选择"色彩平衡"命令，在图层面板中生成"色彩平衡1"图层，同时在弹出的"色彩平衡"调整面板中进行参数设置，如图9-63所示。

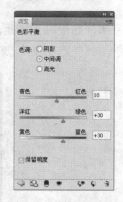

图9-61　"亮度/对比度"　　　图9-62　"亮度/对比度"调整效果　　　图9-63　"色彩平衡"
　　　　　参数调整　　　　　　　　　　　　　　　　　　　　　　　　　　　　　参数调整

　　（5）通过调整，图像效果如图9-64所示，即完成了曝光不足照片的修补。

　将色彩调整应用于调整图层后，可反复修改设置而不破坏图像上的任何像素。同时还可以通过为调整图层添加图层蒙版，将调整限制在特定的区域范围内。

图9-64　完成效果

9.6　炫彩数码潮流——创建双色图

双色图效果是现在非常流行的人物处理效果，它由两种颜色组合而成。本实例将全面介绍如何创建双色图，主要通过使用图像菜单下的双色调命令来完成，效果如图9-65所示。

图9-65　双色图

（1）执行"文件"|"打开"命令，在"打开"对话框中选择人物素材图像，单击"打开"按钮，打开素材，如图9-66所示。

（2）执行"图像"|"模式"|"灰度"命令，弹出"信息"对话框，如图9-67所示，单击"扔掉"按钮，将彩色图像转换为灰度图像。

图9-66　人物素材

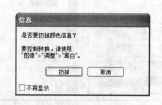

图9-67　"信息"对话框

（3）在图像窗口可以看到将原图像转换为灰度模式下的黑白效果，如图9-68所示。

（4）执行"图像"|"模式"|"双色调"命令，弹出"双色调选项"对话框，如图9-69所示。

图9-68　黑白效果

图9-69　"双色调选项"对话框

（5）在对话框中单击"类型"下拉按钮，在弹出的下拉列表中选择"双色调"选项，如图9-70所示。

（6）在"油墨1"后面单击黑色色块，弹出"选择油墨颜色"对话框，单击"颜色库"按钮，如图9-71所示。

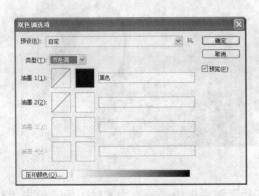

图9-70　选择"双色调"选项

图9-71　"选择油墨颜色"对话框

（7）在打开的"颜色库"对话框中，选中需要的颜色，如图9-72所示。

（8）单击"确定"按钮，返回"双色调选项"对话框，在颜色框后的文字框中出现了刚才设置的颜色名称，如图9-73所示。

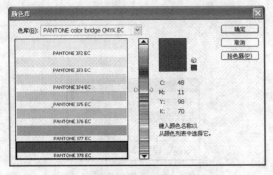

图9-72　选择颜色

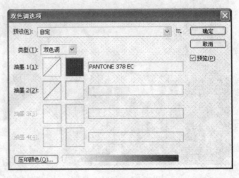

图9-73　颜色名称

（9）移动鼠标至色块左侧单击，弹出"双色调曲线"对话框，设置参数如图9-74所示，此时图像效果如图9-75所示。

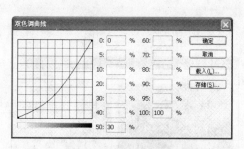

图9-74　调整曲线

图9-75　图像效果

（10）参照前面同样的操作方法，设置"油墨2"的颜色，如图9-76所示，单击"确定"按钮，退出对话框，得到双色调效果，如图9-77所示。

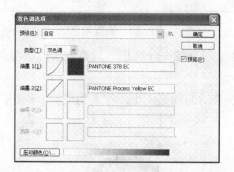

图9-76　设置"油墨2"的颜色

图9-77　双色调效果

9.7　感觉色彩——黑白人物照彩色化

大概每个人家里都会有一些年代久远的老照片，那些照片大多都是黑白照片，比如爸爸妈妈的，爷爷奶奶的，那你想不想为他们放几张彩照摆在家里呢，方法其实很简单。

在本实例的操作过程中，主要通过使用画笔工具涂抹和设置图层的"混合模式"、"不透明度"来完成为黑白照片上色的任务，效果如图9-78所示。

图9-78　黑白人物照彩色化

（1）执行"文件"|"打开"命令，在"打开"对话框中选择人物素材图像，单击"打开"按钮，打开素材，如图9-79所示。

（2）单击工具箱中的"前景色"色块，弹出"拾色器（前景色）"对话框，设置颜色为粉色，参数如图9-80所示。

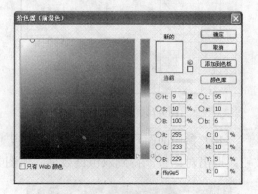

图9-79　人物素材

图9-80　设置颜色

（3）单击图层面板中的"创建新图层"按钮 ，新建一个图层，设置图层的"混合模式"为"颜色"，图层面板如图9-81所示。

（4）选择画笔工具 ，按"["或"]"键调整合适的画笔大小，在人物皮肤上涂抹，效果如图9-82所示。

图9-81　设置图层属性

图9-82　涂抹皮肤

（5）单击工具箱中的"前景色"色块，弹出"拾色器（前景色）"对话框，设置颜色为红色，参数如图9-83所示。

（6）单击图层面板中的"创建新图层"按钮 ，新建一个图层，选择工具箱中的画笔工具 ，在人物嘴唇上涂抹，绘制效果如图9-84所示。

（7）设置图层的"混合模式"为"颜色"、"不透明度"为60%，图层面板如图9-85所示，图像效果如图9-86所示。

（8）单击工具箱中的"前景色"色块，弹出"拾色器（前景色）"对话框，设置颜色如图9-87所示。

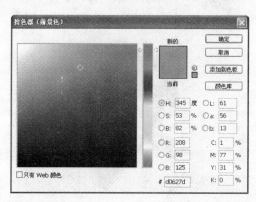

图9-83 设置颜色

图9-84 涂抹嘴唇

图9-85 设置图层属性

图9-86 图像效果

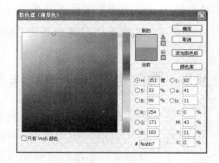

图9-87 设置颜色

（9）单击"确定"按钮，退出"拾色器（前景色）"对话框。单击图层面板中的"创建新图层"按钮 ，新建一个图层，选择工具箱中的画笔工具 ，移动鼠标至图像窗口中的人物脸部位置单击，绘制腮红，效果如图9-88所示。

（10）选择工具箱中的橡皮擦工具 ，擦除多余的腮红部分，效果如图9-89所示。

（11）设置图层的"不透明度"项为50%，图层面板如图9-90所示，图像效果如图9-91所示。

图9-88 绘制腮红的效果

图9-89 擦除多余部分

图9-90 设置"不透明度"项

（12）参照前面同样的操作方法，运用画笔工具 ◢ 涂抹其他部分的颜色并设置图层的"混合模式"和"不透明度"，得到的最终效果如图9-92所示。

图9-91　修改后的腮红效果　　　　　　　　　图9-92　最终效果

 默认情况下，新建图层会置于当前图层的上方，并自动成为当前图层。若按下Ctrl键单击"创建新图层"按钮 ◣ ，则会在当前图层下方创建新图层。

9.8　黑白也时尚——制作高质量的黑白照

我们生活在一个五彩缤纷的世界里，科技使我们能够轻而易举地获得高质量的彩色照片，但总有人仍然对那些黑白照片一往情深，更喜欢黑白照片的那种质感和强烈的对比度。

本实例通过"去色"命令和"亮度/对比度"命令，将彩色照片处理为高质量的黑白照片，效果如图9-93所示。

图9-93　制作高质量的黑白照

（1）启动Photoshop CS4，执行"文件"｜"打开"命令，在"打开"对话框中选择人物素材，单击"打开"按钮，打开素材，如图9-94所示。

（2）将"背景"图层拖到"图层"控制面板下方的"创建新图层"按钮 ◣ 上进行复制，生成新的"背景副本"图层，如图9-95所示。

（3）执行"图像"｜"调整"｜"去色"命令，或按Shift+Ctrl+U快捷键，将图像去色，如图9-96所示。

图9-94　打开素材

图9-95　复制图层

（4）单击"调整"面板中的"亮度/对比度"按钮 ，系统会自动添加一个"亮度/对比度"调整图层，在"调整"面板中设置参数如图9-97所示，此时图像效果如图9-98所示。

图9-96　去色

图9-97　调整"亮度/对比度"参数

图9-98　"亮度/对比度"调整效果

9.9　面的色彩——保留照片的局部色彩效果

为了达到一种个性化的艺术效果，本实例通过使用"黑白"调整命令、添加图层蒙版、设置图层的"混合模式"和"不透明度"，保留照片的局部色彩效果，如图9-99所示。

（1）启动Photoshop CS4，执行"文件"|"打开"命令，在"打开"对话框中选择人物素材图像，单击"打开"按钮，打开素材，如图9-100所示。

图9-99　保留照片的局部彩色效果

　　（2）单击"调整"面板中的"黑白"按钮 ，系统自动添加一个"黑白"调整图层，在"调整"面板中设置参数如图9-101所示，此时图像效果如图9-102所示。

　　（3）因为要保留照片的局部色彩，所以对玫瑰花进行处理，在"黑白"调整图层中单击选择图层蒙版，设置前景色为黑色，选择画笔工具 ，按"["或"]"键调整合适的画笔大小，在玫瑰花图像上涂抹，此时图层面板如图9-103所示，图像效果如图9-104所示。

图9-100　人物素材　　　　　图9-101　调整"黑白"参数　　　　　图9-102　调整的效果

图9-103　编辑图层蒙版

　　（4）在图层面板中单击选中"背景"图层，按住鼠标并拖动至"创建新图层"按钮 上，复制得到"背景副本"图层，调整图层顺序至顶层。

　　（5）设置"背景副本"图层的"混合模式"为"滤色"、"不透明度"为50%，图层面板如图9-105所示，图像效果如图9-106所示。

图9-104　去除对玫瑰花的黑白处理

图9-105　设置图层属性

图9-106　"滤色"效果

（6）按住Ctrl键的同时，单击黑白调整图层的蒙版，载入选区，执行"选择"|"反向"命令，反选选区，如图9-107所示。

（7）单击图层面板上的"添加图层蒙版"按钮 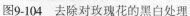，为"背景副本"图层添加图层蒙版，图层面板如图9-108所示，图像效果如图9-109所示。

图9-107　反选选区

图9-108　添加图层蒙版

图9-109　最终效果

9.10　想要真实——调整偏色的人物照片

在拍摄照片时，常会因为环境或光线等的影响导致照片出现偏色，例如在室内黄色的光线下，拍出的相片就会显得偏黄，在清晨的阳光下拍照，相片看起来会偏蓝。一旦觉得相片的颜色有点不对劲，就可以试试使用Photoshop来校正，让相片恢复正常的颜色。

本实例通过运用"照片滤镜"调整命令、"色彩平衡"调整命令、"自然饱和度"调整命令、"亮度/对比度"调整命令调整偏色的人物照片，效果如图9-110所示。

（1）启动Photoshop CS4，执行"文件"|"打开"命令，在"打开"对话框中选择人物素材图像，单击"打开"按钮，打开素材，如图9-111所示。

（2）单击"调整"面板中的"照片滤镜"按钮，系统自动添加一个"照片滤镜"调整图层，在"调整"面板中单击"滤镜"下拉按钮，在弹出的列表框中选择"冷却滤镜（82）"选项，如图9-112所示，此时图像效果如图9-113所示。

图9-110　调整偏色的人物照片

图9-111　人物素材　　　　　　　　　　　　图9-112　"照片滤镜"参数调整

（3）现在发现图像整体偏黄，下面运用"色彩平衡"命令进行调整。单击"调整"面板中的"色彩平衡"按钮，系统自动添加一个"色彩平衡"调整图层，在"调整"面板中设置参数如图9-114所示，此时图像效果如图9-115所示。

 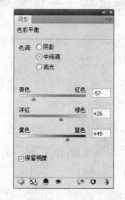

图9-113　"照片滤镜"的调整效果　　　　　图9-114　"色彩平衡"参数调整

（4）单击"调整"面板中的"自然饱和度"按钮▼，系统自动添加一个"自然饱和度"调整图层，在"调整"面板中设置参数如图9-116所示，此时图像效果如图9-117所示。

图9-115　"色彩平衡"调整效果

图9-116　"自然饱和度"参数调整

（5）单击"调整"面板中的"亮度/对比度"按钮❄，系统自动添加一个"亮度/对比度"调整图层，在"调整"面板中设置参数如图9-118所示，此时图像效果如图9-119所示。

图9-117　"自然饱和度"调整效果

图9-118　"亮度/对比度"参数调整

（6）现在图像背景太亮，所以要去除对背景的调整。在"亮度/对比度"调整图层中单击选择图层蒙版，设置前景色为黑色，按Alt+Delete快捷键，填充颜色，设置前景色为白色，选择画笔工具✐，按"["或"]"键调整合适的画笔大小，在人物图像上涂抹，此时图层面板如图9-120所示。

（7）通过调整，偏色的人物照片得到了校正，最终效果如图9-121所示。

图9-119　"亮度/对比度"调整效果

图9-120　编辑图层蒙版

图9-121　最终效果

9.11　曝光过度也不怕——调出正常曝光的照片

拍摄照片时由于光线或取景位置等因素，有可能拍出曝光过度的照片。本实例通过"曲线"调整命令、编辑图层蒙版和"亮度/对比度"调整命令，修正曝光过度的照片为正常曝光的照片，效果如图9-122所示。

图9-122　调出正常曝光的照片

（1）启动Photoshop，执行"文件"|"打开"命令，在"打开"对话框中选择素材图像，单击"打开"按钮，打开素材，如图9-123所示。

（2）单击"调整"面板中的"曲线"按钮 ，添加"曲线"调整图层，调整曲线参数如图9-124所示。

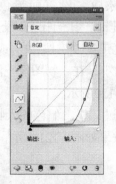

图9-123　打开的素材

图9-124　调整曲线参数

（3）选择"红"通道选项，调整曲线如图9-125所示；选择"蓝"通道选项，调整曲线如图9-126所示，通过调整，图像效果如图9-127所示。

图9-125 调整"红"
通道曲线

图9-126 调整"蓝"通道

图9-127 调整效果

（4）在图层面板中选择"曲线"调整图层的图层蒙版，设置前景色为黑色，选择画笔工具，设置"不透明度"和"流量"均为20%，按"["或"]"键调整合适的画笔大小，在人物图像的脸和手部分涂抹，使过渡更加自然，此时图像效果如图9-128所示。

（5）单击"调整"面板中的"亮度/对比度"按钮，系统自动添加一个"亮度/对比度"调整图层，在"调整"面板中设置参数如图9-129所示，此时图像效果如图9-130所示。

图9-128 编辑图层蒙版后的效果

图9-129 "亮度/对比度"参数调整

图9-130 "亮度/对比度"调整效果

将色彩调整应用于调整图层，可反复修改设置而不破坏图像上的任何像素。同时还可以通过为调整图层添加图层蒙版，将调整限制在特定的区域范围内。

9.12 还你恋爱般的好气色——加强照片的色彩艳度

风和日丽的好天气可遇不可求，在阴天、雾气迷蒙的时候拍摄的相片，往往像是蒙上一层灰般没有生气，相片中的人更是像失恋似的没有活力，本实例就是教你如何修饰相片色彩暗淡的缺点，马上还你恋爱般的好气色。

在制作的过程中，通过设置图层的"混合模式"、"亮度/对比度"、"自然饱和度"、"不透明度"等操作，将灰暗的照片调整为色彩饱满的照片，效果如图9-131所示。

图9-131 使照片的色彩更饱满

（1）启用Photoshop后，执行"文件"|"打开"命令，在"打开"对话框中选择人物素材，单击"打开"按钮，打开素材，如图9-132所示。

（2）在图层面板中单击选中"背景"图层，按住鼠标将其拖动至"创建新图层"按钮上，复制得到"背景副本"图层，设置图层的"混合模式"为"正片叠底"，图层面板如图9-133所示，图像效果如图9-134所示。

图9-132 人物素材 　　　　　　　　　　　图9-133 设置图层属性

（3）单击"调整"面板中的"亮度/对比度"按钮，系统自动添加一个"亮度/对比度"调整图层，在"调整"面板中设置参数如图9-135所示，此时图像效果如图9-136所示。

（4）单击"调整"面板中的"自然饱和度"按钮，系统自动添加一个"自然饱和度"调整图层，在"调整"面板中设置参数如图9-137所示，此时图像效果如图9-138所示。

（5）按Ctrl+Shift+Alt+E组合键，盖印所有可见图层，系统自动生成"图层1"图层。

图9-134　"正片叠底"效果

图9-135　"亮度/对比度"参数调整

图9-136　"亮度/对比度"调整效果

图9-137　"自然饱和度"参数调整

（6）设置"背景副本"图层的"混合模式"为"滤色"、"不透明度"为60%，图层面板如图9-139所示，图像效果如图9-140所示。

图9-138　"自然饱和度"调整效果

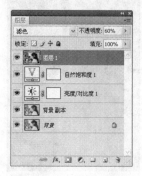

图9-139　设置图层属性

图9-140　最终效果

9.13 韵味十足——制造光晕效果

本实例通过使用"定义画笔"功能，将"镜头光晕"滤镜制作的光影图案定义成画笔，然后使用画笔在不同的图层上画出大小各异的图案，制造光晕效果，如图9-141所示。

图9-141 制造光晕效果

（1）启动Photoshop CS4，执行"文件" | "打开"命令，打开一张素材图像，如图9-142所示。

（2）按Ctrl+N快捷键，弹出"新建"对话框，设置参数如图9-143所示。

图9-142 打开素材 　　　　　　图9-143 "新建"对话框

（3）单击"确定"按钮，新建一个文件，其填充颜色为黑色，执行"滤镜" | "渲染" | "镜头光晕"命令，弹出"镜头光晕"对话框，设置参数如图9-144所示。

（4）单击"确定"按钮，此时图像效果如图9-145所示。

（5）切换至通道面板，选择"红"通道，如图9-146所示。再执行"选择" | "全选"命令，按下Ctrl+C快捷键复制，返回至图层面板，新建一个图层，按Ctrl+V快捷键粘贴，图像效果如图9-147所示。此时图层面板如图9-148所示。

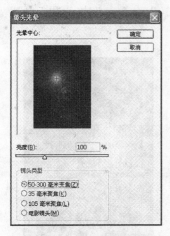

图9-144 "镜头光晕"对话框   图9-145 镜头光晕效果   图9-146 选择"红"通道

（6）执行"图像"|"调整"|"反相"命令，效果如图9-149所示。

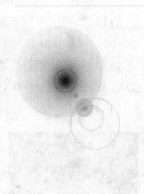

图9-147 "红"通道效果   图9-148 图层面板   图9-149 反相效果

（7）执行"编辑"|"定义画笔预设"命令，弹出"画笔名称"对话框，如图9-150所示，单击"确定"按钮。

（8）切换至图像文件窗口，选择画笔工具 ，在工具选项栏中选择定义的画笔，如图9-151所示。

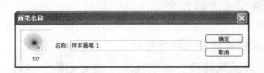

图9-150 "画笔名称"对话框   图9-151 选择定义的画笔

（9）单击图层面板中的"创建新组"按钮，新建一个图层组，如图9-152所示。然后单击"创建新图层"按钮，新建一个图层，设置前景色为白色，运用画笔工具 在图像窗口中单击，绘制图形效果如图9-153所示。

（10）将图层复制一份，执行"编辑"|"变换"|"水平翻转"命令，调整位置，效果如图9-154所示。

图9-152　创建新组

图9-153　绘制光晕

图9-154　复制光晕并水平翻转

（11）参照前面同样的操作方法，新建图层并绘制光晕图像，并将其调整为不同的角度和大小，效果如图9-155所示。

（12）单击"调整"面板中的"曲线"按钮，添加"曲线"调整图层，选择"红"通道选项，调整曲线如图9-156所示。

（13）选择"绿"通道选项，调整曲线如图9-157所示。

图9-155　继续绘制光晕

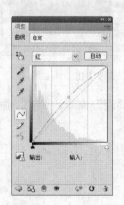

图9-156　调整"红"通道曲线

图9-157　调整"绿"通道曲线

（14）选择"蓝"通道选项，调整曲线如图9-158所示。

（15）此时图像效果如图9-159所示，这里就完成了添加光晕效果的制作。

提示

"镜头光晕"滤镜可模拟亮光照射到像机镜头所产生的折射效果。在"镜头光晕"对话框中，通过单击图像缩览图的任一位置或拖移其十字线，可指定光晕中心的位置。选择不同的镜头类型，可得到不同的光晕效果。

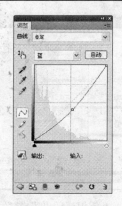

图9-158　调整"蓝"通道曲线

图9-159　完成效果

9.14　流行色调——调出照片的黄绿色调效果

之前我们一直在谈修正相片的偏色、明暗等问题，其实有时候特殊的色调反而会让人觉得有新意，更能使相片从平凡无味中脱颖而出。本实例我们主要介绍调整相片色调的技巧，以高饱和度、强烈对比度的效果来突显个人风格，而依据相片的色调不同，亦可以制作出诡谲、颓废的气氛，总之是很值得一试的！

本实例通过调整"色相/饱和度"命令、添加图层蒙版、设置图层的"混合模式"和调整"曲线"命令，调出照片的黄绿色调效果，如图9-160所示。

图9-160　调出照片的黄绿色调效果

（1）启动Photoshop CS4，执行"文件"｜"打开"命令，打开如图9-161所示的素材。

（2）按Ctrl+J快捷键，将"背景"图层复制一份，在图层面板中生成"背景副本"图层，如图9-162所示。

（3）执行"图像"｜"调整"｜"色相/饱和度"命令，或按Ctrl+U快捷键，弹出"色相/饱和度"对话框，进行"色相/饱和度"调整，设置参数如图9-163所示，单击"确定"按钮，效果如图9-164所示。

图9-161　打开素材

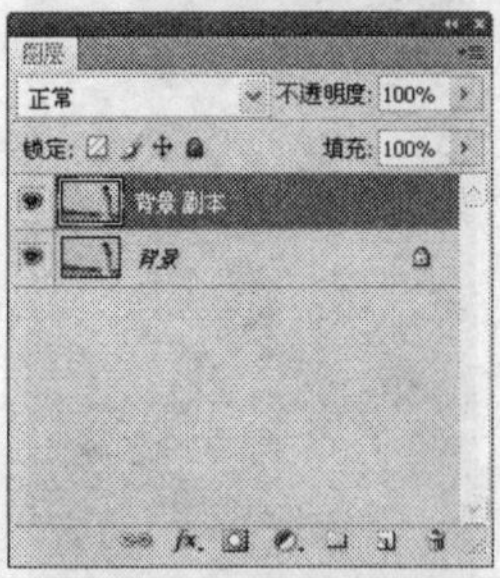

图9-162 复制图层

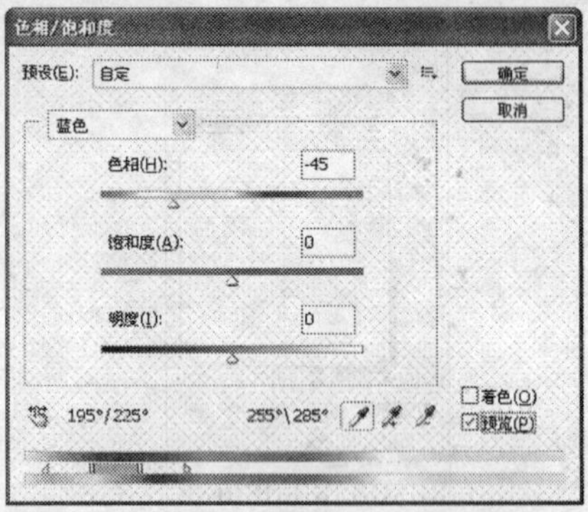

图9-163 “色相/饱和度”参数调整

（4）单击图层面板上的“添加图层蒙版”按钮，为“图层1”图层添加图层蒙版。编辑图层蒙版，设置前景色为黑色，选择画笔工具，按“[”或“]”键调整合适的画笔大小，在人物皮肤上涂抹，此时图层面板如图9-165所示，图像效果如图9-166所示。

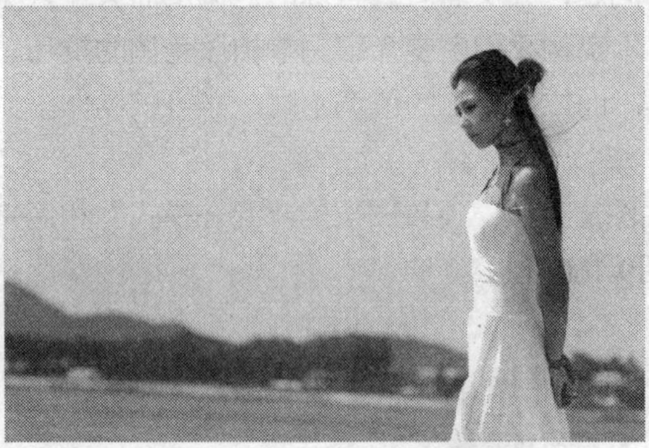

图9-164 “色相/饱和度”的调整效果

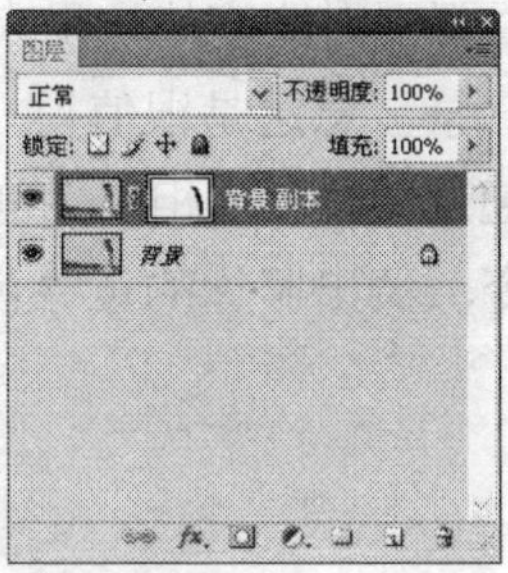

图9-165 添加图层蒙版

（5）单击图层面板中的“创建新的填充或调整图层”按钮，在打开的快捷菜单中选择“纯色”命令，弹出“拾取实色”对话框，设置参数如图9-167所示。

（6）单击“确定”按钮，系统自动添加一个“纯色”图层，设置图层的“混合模式”为“排除”、“填充”为“70%”，图层面板如图9-168所示，图像效果如图9-169所示。

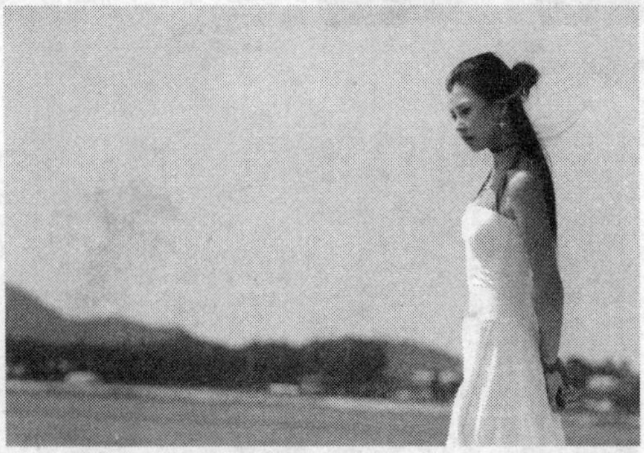

图9-166 添加图层蒙版的效果

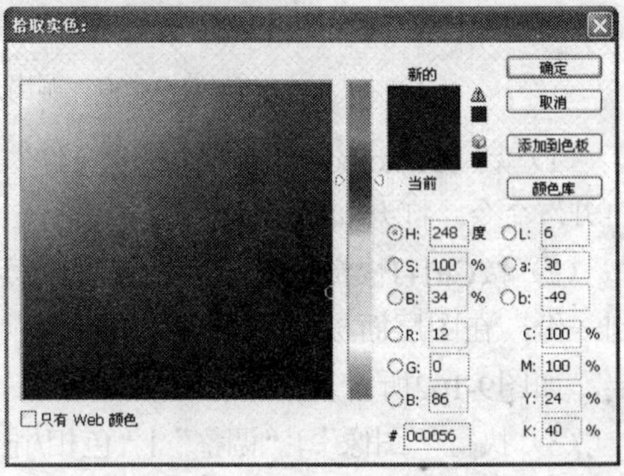

图9-167 设置颜色参数

（7）单击图层面板下方的“创建新的填充或调整图层”按钮，在弹出的菜单中选择“曲线”命令，在图层面板中生成“曲线1”图层，同时弹出“曲线”调整面板，在该面板中进行曲线调整，参数如图9-170所示，效果如图9-171所示。

图9-168 设置图层属性

图9-169 设置图层属性效果

（8）执行"文件"|"打开"命令，打开文字素材，运用移动工具 将文字素材添加至文件中，调整好位置，如图9-172所示。

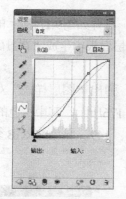

图9-170 "曲线"参数调整

图9-171 "曲线"调整效果

图9-172 添加文字素材

9.15 改变颜色营造虚幻场景——打造浪漫色调

广告、电影里的主角，总是可以出现在如梦如幻的场景里，如果不是大明星，实在是难以有机会拥有为自己量身订制的场景。不过不用沮丧，只要把照片拿到Photoshop里调一调，无论想要变换何种场景颜色、营造什么样的虚幻场景，全都做得到！

本实例主要通过"渐变叠加"的图层样式，营造出非常浪漫的场景效果，如图9-173所示。

图9-173　打造浪漫色调

（1）启动Photoshop CS4，执行"文件"|"打开"命令，打开如图9-174所示的人物素材。

（2）按Ctrl+J快捷键，将"背景"图层复制一份，在图层面板中生成"背景副本"图层，如图9-175所示。

（3）执行"图层"|"图层样式"|"渐变叠加"命令，弹出"图层样式"对话框，单击渐变条，在弹出的"渐变编辑器"对话框中设置参数如图9-176所示，其中黄色的RGB参考值分别为252、236、182，红色的RGB参考值分别为241、153、149，绿色的RGB参考值分别为149、201、99。

图9-174　人物素材　　　　　图9-175　复制图层　　　　图9-176　"渐变编辑器"对话框

（4）单击"确定"按钮，返回"图层样式"对话框，设置图层的"混合模式"为"叠加"，如图9-177所示。

在"渐变编辑器"对话框中，选中需要更改颜色的色标，然后按以下方法设置色标颜色：双击色标，打开"拾色器"对话框，从中选择所需的颜色；选中需设置颜色的色标，然后移动光标至"色板"面板、渐变条或图像窗口中时，光标将显示为吸管形状，此时单击鼠标即可将光标位置的颜色设置为色标的颜色。

（5）单击"确定"按钮，退出"图层样式"对话框，"渐变叠加"的效果如图9-178所示。

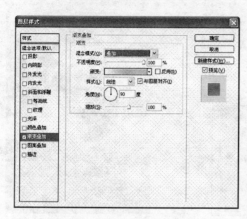

图9-177　设置"混合模式"

图9-178　"渐变叠加"效果

（6）在图层面板中单击选中"背景"图层，按住鼠标将其拖动至"创建新图层"按钮 上，复制得到"背景副本2"图层，将"背景副本2"图层放置在顶层。

（7）设置"背景副本2"图层的"混合模式"为"正片叠底"、"不透明度"为"45%"，图层面板如图9-179所示，此时图像效果如图9-180所示。

（8）执行"文件"|"打开"命令，打开文字素材，运用移动工具 将文字素材添加至文件中，调整好位置，如图9-181所示。

图9-179　设置图层属性

图9-180　"正片叠底"效果

图9-181　添加文字素材

9.16　梦境似花——制作反转负冲效果

"反转负冲"是应用在胶片拍摄中的比较特殊的一种手法，就是用负片的冲洗工艺来冲洗反转片，这样会得到比较流行而特殊的色彩。本实例通过"应用图像"命令，使照片弥漫一种前卫甚至颓颓的色彩，达到"反转负冲"的效果。

（1）启用Photoshop CS4后，执行"文件"|"打开"命令，打开一张人物素材图像，如图9-182所示。

（2）切换至通道面板，选择"蓝"通道，通道面板如图9-183所示，"蓝"通道图像效果如图9-184所示。

图9-182　人物素材　　　　图9-183　选择"蓝"通道　　　图9-184　"蓝"通道图像效果

（3）此时画面呈黑白色调，在调整时看不到图像的变化，因此需要单击"RGB"通道前面的◎按钮。然后画面显示为"RGB"通道状态，但"蓝"通道处于选择状态，如图9-185所示。

（4）执行"图像"|"应用图像"命令，弹出"应用图像"对话框，在对话框中设置"混合"模式为"正片叠底"，然后选中"反相"复选框，设置"不透明度"为50%，如图9-186所示，单击"确定"按钮，此时图像效果如图9-187所示。

图9-185　显示为"RGB"　　　图9-186　"应用图像"对话框（1）　　　图9-187　图像（1）效果
　　　　通道状态

（5）选择"绿"通道，执行"图像"|"应用图像"命令，弹出"应用图像"对话框，在对话框中设置"混合"模式为"正片叠底"，然后选中"反相"复选框，设置"不透明度"为10%，如图9-188所示，单击"确定"按钮，此时图像效果如图9-189所示。

（6）选择"红"通道，执行"图像"|"应用图像"命令，弹出"应用图像"对话框，在对话框中设置"混合"模式为"颜色加深"、"不透明度"为20%，如图9-190所示，单击"确定"按钮，此时图像效果如图9-191所示。

（7）执行"文件" | "打开"命令，打开文字素材，运用移动工具将文字素材添加至文件中，调整好位置。添加上文字的效果如图9-192所示。

图9-188 "应用图像"对话框（2）

图9-189 图像效果（2）

图9-190 "应用图像"对话框（3）

图9-191 图像效果（3）

图9-192 添加文字的效果

第10章

人物照片的艺术化

对照片进行艺术化处理，可增加照片的意境和韵味。本章将主要讲解如何对照片进行一系列的艺术化处理，以求审美的提升。

10.1　让照片边缘也成为亮点——添加边框效果

本实例通过使用矩形选框工具中的"喷色描边"命令、"壁画"命令、"波浪"命令等操作，为照片添加边框效果，让照片边缘也成为亮点，如图10-1所示。

图10-1　边框效果

（1）启用Photoshop后，执行"文件"|"打开"命令，在"打开"对话框中选择人物素材，单击"打开"按钮，打开素材文件，如图10-2所示。

（2）切换至通道面板，单击"创建新通道"按钮 ，新建一个通道，得到Alpha 1通道，如图10-3所示。

图10-2　打开素材

图10-3　新建通道

（3）选择矩形选框工具 ，绘制一个矩形选区，填充颜色为白色，此时"通道"面板如图10-4所示。

（4）执行"滤镜"｜"画笔描边"｜"喷色描边"命令，弹出"喷色描边"对话框，设置参数如图10-5所示。

（5）单击"新建效果图层"按钮 ，新建一个滤镜效果图层，单击"壁画"滤镜缩览图，设置参数如图10-6所示，单击"确定"按钮，效果如图10-7所示。

图10-4 "通道"面板的状态　　　图10-5 "喷色描边"滤镜　　　图10-6 "壁画"滤镜
　　　　　　　　　　　　　　　　　　　　参数设置　　　　　　　　　　参数设置

（6）执行"滤镜"｜"扭曲"｜"波浪"命令，弹出"波浪"对话框，设置参数如图10-8所示，单击"确定"按钮。

（7）按住Ctrl键的同时，单击Alpha 1通道，将通道载入选区，单击选择RGB通道，显示所有的颜色通道，如图10-9所示。

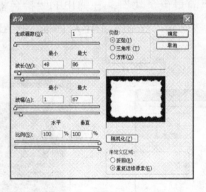

图10-7 滤镜效果　　　　　　图10-8 "波浪"对话框　　　　　图10-9 选择RGB通道

（8）返回到图层面板，按Ctrl+Shift+I快捷键反选，得到如图10-10所示的选区。

（9）设置前景色为白色，按Alt+Delete键填充选区，执行"选择"｜"取消选择"命令，此时图像效果如图10-11所示。

图10-10 反选选区　　　　　　　　　　　图10-11 图像效果

10.2　时尚立体照片——制作插角效果

本实例通过使用画笔工具、"描边"命令和多边形套索工具等，制作出插角效果，让照片有一种时尚立体的效果，如图10-12所示。

图10-12　制作插角效果

（1）启用Photoshop后，执行"文件"|"新建"命令，弹出"新建"对话框，在对话框中设置参数如图10-13所示，单击"确定"按钮，新建一个空白文件。

（2）单击工具箱中的"前景色色块"，在弹出的"拾色器（前景色）"对话框中设置参数如图10-14所示，再单击"确定"按钮，退出对话框，按Alt+Delete快捷键，填充背景为淡灰色。

图10-13　"新建"对话框

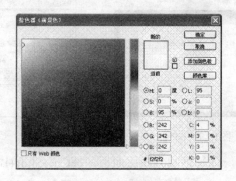

图10-14　设置颜色参数

图10-15　图层面板

（3）单击图层面板中的"创建新图层"按钮，新建"图层1"图层，设置前景色为黑色，选择工具箱中的画笔工具，设置"不透明度"和"流量"均为"100%"，在图像窗口相应位置单击，设置图层的"填充"为"35%"，图层面板如图10-15所示，图像效果如图10-16所示。

（4）新建"图层2"图层，继续运用画笔工具，按F5键，在弹出的画笔面板中设置参数如图10-17所示。

（5）在图像窗口相应位置单击，设置"填充"项为"63%"，图层面板如图10-18所示，得到如图10-19所示效果。

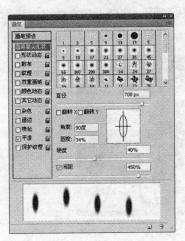

图10-16　填充效果　　　　图10-17　设置"画笔"参数　　　　图10-18　图层面板

（6）复制"图层2"得到"图层2副本"图层，将其移动至相应位置，效果如图10-20所示。

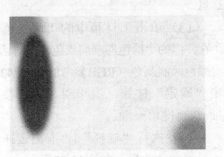

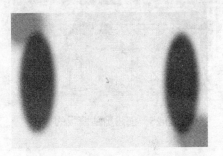

图10-19　画笔填充效果　　　　　　　　　图10-20　复制对象

（7）设置前景色为白色，新建"图层3"，选择工具箱中的矩形工具，按下工具选项栏中的"填充像素"按钮，在图像窗口中单击并拖动鼠标，绘制矩形如图10-21所示。

（8）执行"图层"|"图层样式"|"描边"命令，在弹出的"图层样式"对话框中设置参数如图10-22所示，单击"确定"按钮。

图10-21　绘制矩形　　　　　　　　　图10-22　设置"描边"参数

（9）执行"文件"|"打开"命令，在"打开"对话框中选择人物照片，单击"打开"按钮，打开素材照片，如图10-23所示。

（10）运用移动工具，将人物素材添加至文件中，调整好大小和位置。

（11）按住Alt键的同时，移动光标至分隔两个图层的实线上，当光标显示为形状时，单击鼠标左键，创建剪贴蒙版，按Ctrl+T组合键，设置图形的角度，并移动至合适位置，此时图层面板如图10-24所示，图像效果如图10-25所示。

图10-23　人物照片

图10-24　图层面板

图10-25　创建剪贴蒙版的效果

（12）新建"图层5"图层，选择工具箱中的多边形套索工具，建立如图10-26所示的选区。

（13）单击工具箱中的"前景色"色块，在弹出的"拾色器（前景色）"对话框中设置颜色为淡灰色（RGB参考值均为242），单击"确定"按钮，退出对话框，按Alt+Delete快捷键填充颜色。

（14）执行"选择"|"取消选择"命令，得到插角效果，如图10-27所示。

图10-26　建立选区

图10-27　完成效果

10.3　去鲜花丛中漫步——给人物照片换背景

环游世界是很多人的梦想，但要真的实践这个梦想可不是那么容易，没关系，我们可以靠Photoshop来过个瘾，将人物的照片合成到喜欢的风景中去，让你就像真的到此一游一样。

本实例通过运用"色彩范围"命令得到人物的选区，再运用移动工具添加素材，运用"亮度/对比度"命令和"色彩平衡"命令调整人物，使人物与背景融合，效果如图10-28所示。

图10-28　给人物照片换背景

　　（1）启动Photoshop CS4，执行"文件"|"打开"命令，打开如图10-29所示的素材图片。
　　（2）按Ctrl+J快捷键，复制"背景"图层，生成"背景副本"图层，如图10-30所示。
　　（3）执行"选择"|"色彩范围"命令，弹出"色彩范围"对话框，如图10-31所示。

图10-29　打开素材　　　　　图10-30　图层面板　　　　　图10-31　"色彩范围"对话框

　　（4）按下对话框右侧的吸管按钮 ，移动光标至图像窗口中的背景位置处单击鼠标，如图10-32所示。

　　（5）按下带有"+"号的吸管 ，然后在图像窗口或预览框中单击背景其他部分，以添加选取范围，如图10-33所示。

　　（6）单击"确定"按钮，关闭对话框，得到如图10-34所示的选区，按Delete键删除选区内的图形，按Ctrl+D快捷键，取消选择。

　　（7）执行"文件"|"打开"命令，在"打开"对话框中选择风景照片，单击"打开"按钮，打开素材照片，如图10-35所示。

图10-32　选择颜色

图10-33　选取背景

图10-34　建立选区

（8）运用移动工具 ，将抠出的人物素材添加至文件中，调整好大小、位置和图层顺序，图层面板如图10-36所示，效果如图10-37所示。

图10-35　风景照片

图10-36　图层面板

（9）执行"图像"|"调整"|"亮度/对比度"命令，弹出"亮度/对比度"对话框，设置参数如图10-38所示，单击"确定"按钮，图像效果如图10-39所示。

（10）执行"图像"|"调整"|"色彩平衡"命令，弹出"色彩平衡"对话框，设置参数如图10-40所示，单击"确定"按钮，图像效果如图10-41所示。

图10-37　添加素材

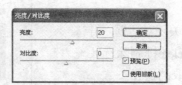

图10-38　"亮度/对比度"对话框

图10-39　"亮度/对比度"
调整效果

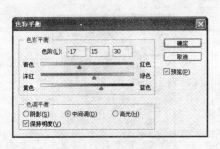

图10-40　"色彩平衡"对话框

图10-41　"色彩平衡"调整效果

 如果要进行合成的照片是在不同光源条件下拍摄的，那么合成的结果看起来就会很假，所以当你将人像移到要合成的场景中后，还要再调整一下亮度或色调。

10.4　打造浪漫情侣照——照片的艺术化处理

想要让照片表现出流行感，除了利用时尚的元素来丰富相片的内容外，为其增加一种流行色调也可以为相片营造时尚的感觉，再添加上个性的文字，更能让相片呈现出影片的质感，如图10-42所示。

图10-42　照片的艺术化处理

（1）启动Photoshop CS4，执行"文件"|"打开"命令，打开如图10-43所示的人物素材。

（2）按Ctrl+J快捷键，将"背景"图层复制一份，得到"背景副本"图层。设置"背景副本"图层的"混合模式"为"柔光"，图层面板如图10-44所示，效果如图10-45所示。

（3）单击图层面板中的"创建新的填充或调整图层"按钮，在打开的快捷菜单中选择"渐变"选项，系统自动添加一个"渐变填充"图层，弹出"渐变填充"对话框，单击渐变条，打开"渐变编辑器"对话框，设置参数如图10-46所示，其中绿色的RGB参考值分别为R134、G199、B149，紫色的RGB参考值分别为R156、G146、B198，蓝色的RGB参考值分别为R130、G207、B208。

图10-43　人物素材

图10-44　设置图层属性

图10-45　"柔光"混合模式效果

图10-46　"渐变编辑器"对话框

（4）单击"确定"按钮，关闭"渐变编辑器"对话框。在"渐变填充"对话框中设置参数如图10-47所示。

（5）单击"确定"按钮，关闭"渐变填充"对话框，"渐变填充"效果如图10-48所示。

（6）设置"渐变填充1"图层的"混合模式"为"强光"，图层面板如图10-49所示，得到如图10-50所示效果。

图10-47　"渐变填充"对话框

图10-48　"渐变填充"效果

图10-49　设置图层属性

（7）单击调整面板中的"渐变映射"按钮███，添加"渐变映射"调整图层，单击渐变条███████，打开"渐变编辑器"对话框，设置参数如图10-51所示，其中第一个色标的颜色值为R167、G137、B77，第二个色标的颜色值为R193、G152、B77。

（8）单击"确定"按钮，关闭"渐变编辑器"对话框。在"渐变映射"调整面板中设置参数如图10-52所示。

图10-50 "强光"效果

图10-51 "渐变编辑器"对话框

（9）设置"渐变映射1"图层的"混合模式"为"正片叠底"，图层面板如图10-53所示，得到如图10-54所示的效果。

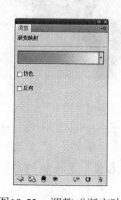

图10-52 调整"渐变映射"参数

图10-53 设置图层混合模式

图10-54 "正片叠底"混合模式效果

（10）单击工具箱中的"前景色"色块，在弹出的"拾色器（前景色）"对话框中设置参数如图10-55所示，单击"确定"按钮，退出对话框。

（11）在工具箱中选择横排文字工具T，在工具选项栏"设置字体"下拉列表框宋体中选择"方正小标宋繁体"字体。

（12）在"设置字体大小"下拉列表框T 30点中输入60，确定字体大小。

（13）单击██按钮，设置对齐方式为左对齐，此时工具选项栏如图10-56所示。

（14）在图像窗口单击鼠标，此时会出现一个文本光标，然后输入文字即可得到水平排列的文字，如图10-57所示。按Ctrl+Enter键确定，完成文字的输入。

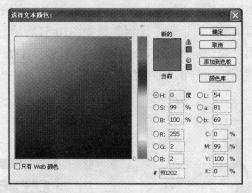

图10-55 设置颜色

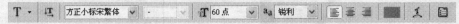

图10-56 文字工具选项栏

（15）运用同样的操作方法，输入另一行文字，效果如图10-58所示，这样就完成了照片的艺术化处理。

图10-57 输入文字

图10-58 完成效果

 如果工具选项栏字体列表框中没有显示中文字体名称，可选择"编辑"|"首选项"|"文字"命令，在打开的对话框中去掉"以英文显示字体名称"复选框的勾选即可。

10.5 真我风采——个人网站页面设计

本实例先新建一个网页大小的文件，填充背景颜色，运用矩形选框工具绘制矩形，添加图层样式，再添加照片并创建剪贴蒙版，最后输入文字，完成个人网站页面设计，效果如图10-59所示。

（1）启用Photoshop后，单击"文件"|"新建"命令，或按Ctrl+N快捷键，弹出"新建"对话框，设置"高度"为1440像素、"宽度"为900像素，如图10-60所示。单击"确定"按钮，新建一个空白文件。

图10-59　个人网站页面设计

（2）单击工具箱中的"前景色"色块，在弹出的"拾色器（前景色）"对话框中设置前景色为红色，参数设置如图10-61所示。

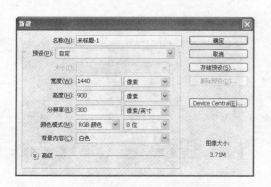

图10-60　新建文件

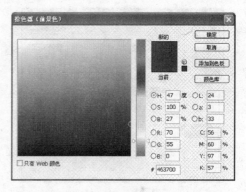

图10-61　设置颜色参数

（3）单击"确定"按钮，按Alt+Delete键填充颜色，效果如图10-62所示。

（4）单击工具箱中的"前景色"色块，在弹出的"拾色器（前景色）"对话框中设置前景色为红色，参数值如图10-63所示。

图10-62　填充背景

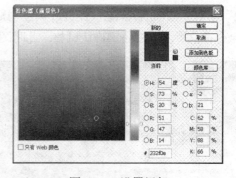

图10-63　设置颜色

（5）选择工具箱中的矩形选框工具 ，在图像窗口中按住鼠标并拖动，绘制一个矩形选区，按Alt+Delete键填充颜色，效果如图10-64所示。

（6）执行"选择"|"取消选择"命令，取消选择，在图层面板中选择"形状1"图层，执行"图层"|"图层样式"|"投影"命令，弹出"图层样式"对话框，设置参数如图10-65所示。

图10-64　绘制矩形

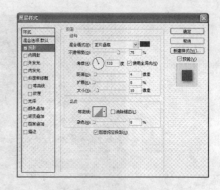

图10-65　"投影"参数设置

（7）在"图层样式"对话框左侧列表框中选中"描边"复选框，设置参数如图10-66所示，其中绿色的RGB参考值分别为R54、G164、B48。

（8）单击"确定"按钮，退出"图层样式"对话框，效果如图10-67所示。

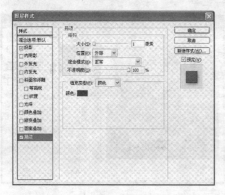

图10-66　"描边"参数设置

图10-67　"图层样式"效果

（9）执行"文件"｜"打开"命令，在"打开"对话框中选择照片素材，单击"打开"按钮，打开素材，如图10-68所示。

（10）选择工具箱中的移动工具，将照片素材添加至文件中，图层面板中自动生成"图层2"图层，按Ctrl+Alt+G快捷键，创建剪贴蒙版，按Ctrl+T组合键，设置图形的大小，并移动至合适位置，按Enter键确认调整，此时图层面板如图10-69所示，图像效果如图10-70所示。

图10-68　建筑照片

图10-69　创建剪贴蒙版

（11）运用同样的操作方法，添加人物素材，如图10-71所示。

图10-70 创建剪贴蒙版效果

图10-71 添加人物素材

（12）在工具箱中选择横排文字工具 T，在工具选项栏"设置字体"下拉列表框 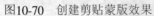 中选择"方正大标宋简体"字体。

（13）在"设置字体大小"下拉列表框 T 30点 ▼ 中输入26，确定字体大小。

（14）设置对齐方式为左对齐，此时工具选项栏如图10-72所示。

图10-72 文字工具选项栏

（15）在图像窗口单击鼠标，此时会出现一个文本光标，如图10-73所示，然后输入文字即可得到水平排列的文字。按Ctrl+Enter键确定，完成文字的输入，如图10-74所示。

图10-73 文本光标

图10-74 输入文字

（16）运用同样的操作方法，制作其他的文字效果，如图10-75所示。

图10-75 最终效果

10.6 哪个色彩更漂亮——制作六联变色卡片

本实例主要运用"色彩平衡"调整命令为人物照片调整出六种颜色，效果如图10-76所示。

图10-76 制作六联变色卡片

（1）启用Photoshop后，执行"文件"|"新建"命令，弹出"新建"对话框，在对话框中设置"单位"为"厘米"、"宽度"为36、"高度"为29、"分辨率"为"72像素/英寸"、"颜色模式"为"RGB颜色"、"背景内容"为"白色"，如图10-77所示，单击"确定"按钮，新建一个空白文件。

（2）单击"编辑"|"首选项"|"参考线、网格和切片"命令，在弹出的"首选项"对话框中设置参数，如图10-78所示。

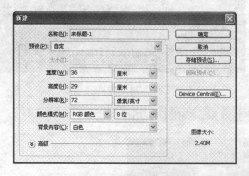

图10-77 新建空白文件

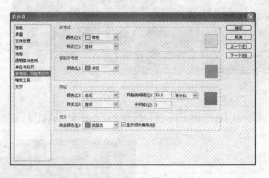

图10-78 "首选项"对话框

（3）单击"确定"按钮，退出"首选项"对话框，执行"视图"|"显示"|"网格"命令，或按下"Ctrl+′"快捷键，在图像窗口中显示网格，如图10-79所示。

（4）单击"视图"|"新建参考线"命令，在弹出的"新建参考线"对话框中设置参数，如图10-80所示。

（5）单击"确定"按钮，添加的参考线效果如图10-81所示。

（6）执行"文件"|"打开"命令，在"打开"对话框中选择照片素材，单击"打开"按钮，打开素材，如图10-82所示。

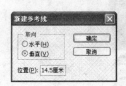

图10-79 网格　　　　　图10-80 "新建参考线"对话框　　　　图10-81 参考线

（7）选择工具箱中的移动工具 ，将照片素材添加至文件中，按Ctrl+T组合键，设置图形的大小，并移动至合适位置，按Enter键确认调整，继续运用移动工具 ，按住Shift+Alt键，移动光标至矩形上，当光标呈 形状时，按住鼠标并向下拖动，释放鼠标复制一个图形，运用同样的操作方法，复制图形，得到如图10-83所示的效果。

图10-82 照片素材　　　　　　　　　　　　图10-83 复制图像

（8）单击"调整"面板中的"色彩平衡"按钮 ，系统自动添加一个"色彩平衡"调整图层，在"调整"面板中设置参数如图10-84所示。

提示　双击标尺交界处的左上角，可以将标尺原点重新设置回默认位置。选择"视图"|"标尺"命令，或按下Ctrl+R快捷键，将在图像窗口左侧及上方显示出垂直和水平标尺。再次按下Ctrl+R快捷键，标尺则自动隐藏。

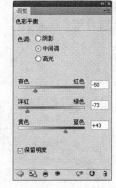

图10-84 调整"色彩平衡"参数

（9）在"调整"面板中单击 按钮，创建剪贴蒙版，使此调整只作用于左上角的素材图像，图像效果如图10-85所示，图层面板如图10-86所示。

（10）继续单击"调整"面板中的"色彩平衡"按钮 ，系统自动添加一个"色彩平衡"调整图层，在"调整"面板中设置参数如图10-87所示。

（11）调整图层至合适的图层，在调整面板中单击 按钮，创建剪贴蒙版，图层面板如图10-88所示，图像效果如图10-89所示。

图10-85 "色彩平衡"调整效果

图10-86 创建剪贴蒙版

图10-87 调整"色彩平衡"参数

图10-88 创建剪贴蒙版

图10-89 调整效果

　　（12）运用同样的操作方法，创建"色彩平衡"图层，并调整其他的图层，得到如图10-90所示的效果。

图10-90 最终效果

10.7 怀旧风格——制作电影胶片效果

本实例主要运用圆角矩形工具绘制圆角矩形，运用"定义画笔预设"命令定义圆角矩形为画笔，运用矩形工具和画笔工具绘制电影胶片，运用移动工具、魔棒工具和添加图层蒙版工具制作电影画面，运用"变形"命令制作波浪般的动感效果，完成实例的制作，如图10-91所示。

图10-91 制作电影胶片效果

（1）启用Photoshop后，执行"文件"|"新建"命令，弹出"新建"对话框，在对话框中设置参数如图10-92所示，单击"确定"按钮，新建一个空白文件。

（2）按D键，恢复前/背景色为系统默认的黑白颜色。单击图层面板中的"创建新图层"按钮，新建一个图层，选择工具箱中的圆角矩形工具，按下工具选项栏中的"填充像素"按钮，设置"半径"为5px，在图像窗口中拖动鼠标，绘制一个圆角矩形，如图10-93所示。

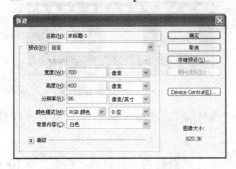

图10-92 "新建"对话框

图10-93 绘制圆角矩形

（3）执行"编辑"|"定义画笔预设"命令，弹出定义画笔预设的对话框，设置参数如图10-94所示，单击"确定"按钮。

（4）在图层面板中单击选中"图层1"图层，按住鼠标将其拖动至"删除图层"按钮上，删除"图层1"图层，单击图层面板中的"创建新图层"按钮，新建一个图层，选择工具箱中的矩形工具绘制矩形，如图10-95所示。

（5）选择工具箱中的画笔工具，在工具选项栏中选择定义的画笔，设置参数如图10-96所示。

（6）按F5键，弹出画笔面板，选择"画笔笔尖形状"选项，设置参数如图10-97所示。

（7）设置前景色为白色，按住Shift键的同时，拖动鼠标，绘制出胶片边缘的形状，如图10-98所示。

图10-94　定义画笔预设的对话框

图10-95　绘制矩形

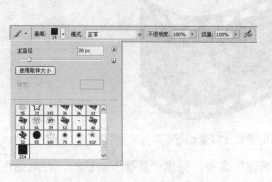

图10-96　选择画笔

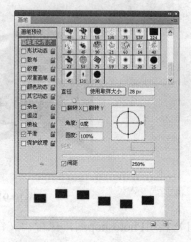

图10-97　设置画笔相关参数

（8）设置画笔"主直径"为150px、"间距"为200，运用同样的操作方法，绘制矩形，效果如图10-99所示。

图10-98　画出胶片边缘形状

图10-99　画出中间矩形

（9）执行"文件"│"打开"命令，在"打开"对话框中选择人物素材，单击"打开"按钮，打开素材，如图10-100所示。

（10）运用移动工具，将人物素材添加至文件中，调整好大小和位置，得到如图10-101所示的效果。

图10-100　人物素材

图10-101　添加人物素材

（11）单击人物素材图层前面的 按钮，将该图层隐藏。选择工具箱中的魔棒工具 ，在工具选项栏中设置参数如图10-102所示，在图像窗口中单击选中一个绘制的圆角矩形，建立选区，得到如图10-103所示的效果。

图10-102 魔棒工具选项栏

魔棒工具 可以快速选择色彩变化不大，且色调相近的区域。

（12）单击人物素材图层前面的 按钮，显示图层，如图10-104所示。

图10-103 建立选区

图10-104 显示图层

（13）单击图层面板上的"添加图层蒙版"按钮 ，为图层添加图层蒙版，得到如图10-105所示的效果。

（14）选择工具箱中的移动工具 ，按住Shift+Alt键，移动光标至人物素材上，当光标呈 形状时，按住鼠标并向右拖动，释放鼠标即可复制一个人物素材，复制两份，得到如图10-106所示的效果。

图10-105 添加图层蒙版

图10-106 复制素材

（15）将除背景图层以外的图层选中，按住鼠标并拖动至"创建新图层"按钮 上，复制图层，按Ctrl+E快捷键，将复制的图层合并。

（16）执行"编辑"|"变换"|"变形"命令，在工具选项栏中设置参数如图10-107所示。

（17）按Enter键，确定调整，效果如图10-108所示，完成胶片效果制作。

图10-107 工具选项栏

图10-108 变形效果

<226>

画笔的可控参数有很多，包括笔尖的形状及相关的大小、硬度、纹理等特性，如果每次绘画前都重复设置这些参数，将是一件非常烦琐的工作。为了提高工作效率，Photoshop提供了预设画笔功能，预设画笔是一种存储的画笔笔尖状态，并带有诸如大小、形状和硬度等定义的特性。Photoshop中提供了许多常用的预设画笔，用户也可以将自己常用的画笔存储为画笔预设。

10.8 细雨纷飞——打造雨中漫步效果

本实例主要运用"点状化"命令、"阈值"命令和"动感模糊"命令打造雨中漫步效果，如图10-109所示。

图10-109 打造雨中漫步效果

（1）启动Photoshop CS4，执行"文件"|"打开"命令，打开一张素材图片，如图10-110所示。

（2）单击图层面板下方的"创建新图层"按钮 ，新建一个图层，填充白色。然后为该图层添加一个蒙版，填充黑色，如图10-111所示。

图10-110 打开素材

图10-111 编辑图层蒙版

（3）选择"滤镜"|"像素化"|"点状化"命令，弹出"点状化"对话框，在该对话框中进行参数设置，如图10-112所示。单击"确定"按钮，退出该对话框，效果如图10-113所示。

（4）选择"图像"|"调整"|"阈值"命令，弹出"阈值"对话框，在该对话框中进行参数设置，如图10-114所示。单击"确定"按钮，退出该对话框，效果如图10-115所示。

图10-112　"点状化"对话框

图10-113　"点状化"效果

（5）选择"滤镜"|"模糊"|"动感模糊"命令，弹出"动感模糊"对话框，在该对话框中进行参数设置，如图10-116所示。单击"确定"按钮，退出该对话框，效果如图10-117所示。

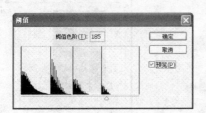

图10-114　"阈值"对话框

图10-115　"阈值"调整效果

图10-116　"动感模糊"对话框

图10-117　"动感模糊"调整效果

10.9　模拟太阳——阳光照射效果

本实例通过运用"镜头光晕"命令制作阳光照射效果，如图10-118所示。

（1）启动Photoshop CS4，执行"文件"|"打开"命令，在"打开"对话框中选择人物照片，单击"打开"按钮，打开素材，如图10-119所示。

（2）单击图层面板下方"创建新图层"按钮 ，新建"图层1"图层，设置前景色为黑色，按Alt+Delete快捷键填充图层，如图10-120所示。

图10-118　阳光照射效果

（3）执行"滤镜"|"渲染"|"镜头光晕"命令，弹出"镜头光晕"对话框，设置参数如图10-121所示。

图10-119　人物照片　　　　图10-120　新建"图层1"图层　　　图10-121　"镜头光晕"对话框

图10-122　设置图层属性

（4）单击"确定"按钮，退出对话框。设置"图层1"图层的"混合模式"为"滤色"，图层面板如图10-122所示，图像效果如图10-123所示。

（5）为加强阳光的效果，再次新建一个图层，填充颜色为黑色，执行"滤镜"|"渲染"|"镜头光晕"命令，在弹出的"镜头光晕"对话框中设置参数如图10-124所示。

（6）单击"确定"按钮，退出对话框，设置"图层2"图层的"混合模式"为"滤色"，图像效果如图10-125所示。

（7）按Ctrl+Shift+Alt+E组合键，盖印所有可见图层，在图层面板中生成"图层3"图层，设置"图层3"图层的"混合模式"为"柔光"，图层面板如图10-126所示，图像效果如图10-127所示。

图10-123 "滤色"效果

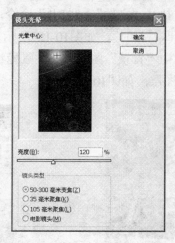

图10-124 "镜头光晕"对话框

图10-125 加强阳光的效果

图10-126 设置图层属性

图10-127 "柔光"效果

10.10 点状虚化——下雪效果

本实例通过使用"添加杂色"、"高斯模糊"、"动感模糊"滤镜以及"阈值"命令制作下雪的效果，如图10-128所示。

图10-128 下雪效果

（1）启动Photoshop CS4，执行"文件"｜"打开"命令，在"打开"对话框中选择人物照片，单击"打开"按钮，打开素材照片，如图10-129所示。

（2）在图层面板中单击选中"背景"图层，按住鼠标将其拖动至"创建新图层"按钮上，复制得到"背景副本"图层，如图10-130所示。

图10-129　打开素材

图10-130　复制图层

（3）执行"滤镜"｜"杂色"｜"添加杂色"命令，弹出"添加杂色"对话框，在该对话框中设置参数如图10-131所示，然后单击"确定"按钮。

（4）执行"滤镜"｜"模糊"｜"高斯模糊"命令，弹出"高斯模糊"对话框，在该对话框中设置参数如图10-132所示，然后单击"确定"按钮，退出该对话框。

（5）执行"图像"｜"调整"｜"阈值"命令，弹出"阈值"对话框，在该对话框中设置参数如图10-133所示。然后单击"确定"按钮，效果如图10-134所示。

图10-131　"添加杂色"
对话框

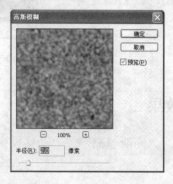

图10-132　"高斯模糊"对话框

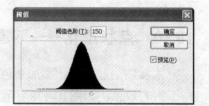

图10-133　"阈值"对话框

图10-134　应用"阈值"调整的效果

（6）在图层面板中设置"图层1"图层的"混合模式"为"滤色"，如图10-135所示，效果如图10-136所示。

（7）执行"滤镜"｜"模糊"｜"动感模糊"命令，弹出"动感模糊"对话框，在该对话框中设置参数如图10-137所示。单击"确定"按钮，效果如图10-138所示。

图10-135　设置图层混合模式

图10-136　"滤色"混合模式效果

图10-137　"动感模糊"对话框

图10-138　完成效果

10.11　昨日重现——制作人物个性照片

　　为照片添加装饰效果，既可增添浪漫色彩，又能突出照片主题，本例制作完成的效果不但很时尚而且很有艺术气息，如图10-139所示。

图10-139　人物个性照片

　　（1）启用Photoshop，执行"文件"|"打开"命令，或按下Ctrl+O快捷键，可以弹出"打开"对话框，如图10-140所示。

　　（2）在对话框中选择"制作人物个性照片"文件，单击"打开"按钮，或双击文件即可将其打开，如图10-141所示。

图10-140 "打开"对话框

图10-141 打开的素材图像

（3）可以发现图像整体偏暗，下面通过调整曲线来调亮图像。单击"调整"面板中的"曲线"按钮，系统自动添加一个"曲线"调整图层，如图10-142所示。

（4）在"调整"面板中会出现调整选项，调整曲线参数如图10-143所示。此时图像效果如图10-144所示。

 按下Ctrl键，在图像某位置单击，可在调整曲线上建立该图像位置的色调调整点。这样可以有针对性地对该位置色调区域进行调整。

图10-142 "曲线"调整图层

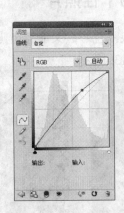

图10-143 调整曲线

图10-144 调整"曲线"效果

（5）单击"调整"面板左下角的"返回到调整列表"按钮，返回到调整列表后单击"色相/饱和度"按钮，在"调整"面板中设置参数如图10-145所示，使图像色调偏黄，效果如图10-146所示。

（6）调整"色相/饱和度"参数后，人物整体效果偏黄，下面对"色彩平衡"进行调整，使天光偏蓝色，令效果更加自然真实。参照上述同样的操作方法，添加一个"色彩平衡"调整图层，在"调整"面板中设置参数如图10-147所示，此时图像效果如图10-148所示，图层面板如图10-149所示。

图10-145 "色相/饱和度"调整面板

图10-146 调整"色相/饱和度"效果

图10-147 "色彩平衡"调整面板

（7）单击图层面板中的"创建新图层"按钮 ，新建一个图层，选择画笔工具，设置前景色为白色，绘制如图10-150所示的线条。

图10-148 "色彩平衡"效果

图10-149 图层面板

图10-150 绘制线条

（8）执行"滤镜"|"模糊"|"动感模糊"命令，弹出"动感模糊"对话框，设置参数如图10-151所示。

（9）单击"确定"按钮，动感模糊效果如图10-152所示。

（10）单击图层面板中的"创建新图层"按钮 ，新建一个图层，设置前景色为白色，选择画笔工具，并选择一个柔性画笔，绘制如图10-153所示的光点。在绘制的时候，可通过按"］"键和"［"键调整画笔的大小，以便绘制出不同大小的光点。

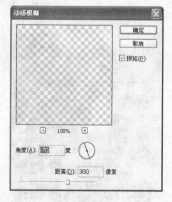

图10-151 "动感模糊"对话框

（11）单击"调整"面板中的"曲线"按钮，添加曲线调整图层，选择"红"通道选项，调整曲线如图10-154所示；选择"蓝"通道选项，调整曲线如图10-155所示，通过调整，图像具有了一种时尚黄色调，此时效果如图10-156所示。

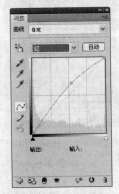

图10-152　动感模糊效果　　　　图10-153　绘制光点　　　　图10-154　调整"红"通道曲线

（12）执行"文件"|"打开"命令，在"打开"对话框中选择"文字"文件，打开文件，如图10-157所示。

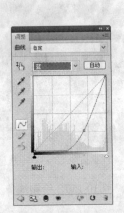

图10-155　调整"蓝"通道曲线　　　图10-156　"曲线"调整效果　　　图10-157　文字素材

（13）运用移动工具，将文字素材添加到人物文件中，放置在合适的位置，完成实例的制作，最终效果如图10-158所示。

图10-158　添加文字后的效果

第11章

照片特效的制作

经过前面几章的洗礼，相信你已经学会相片的修补及美化等技巧，接着我们来学习更有趣的相片加工术，像是将照片制作成各种绘画艺术效果、仿景深电影画面、老照片效果、跳出画框的人、水中倒影效果等，善用这些加工技巧可以让照片的质感更加出色。

11.1 采花的小女孩——朦胧油彩画效果

数码照片最大的好处，就是可以尽情地发挥想象力做出许多的特殊效果，本实例将人物照片变成朦胧油彩画效果，如图11-1所示。

在制作的过程中，分别使用了"特殊模糊"、"水彩"、"高斯模糊"等滤镜，再通过使用设置图层的"混合模式"、添加图层蒙版、"色相/饱和度"和"亮度/对比度"调整命令调整颜色，使效果更加融合，最终得到色彩明快、质感强烈、效果逼真的朦胧油彩画效果，如图11-1所示。

图11-1 朦胧油彩画效果

（1）启动Photoshop，执行"文件"|"打开"命令，在"打开"对话框中选择人物照片，单击"打开"按钮，如图11-2所示。

（2）执行"图层"|"复制图层"命令，弹出"复制图层"对话框，保持默认设置，单击"确定"按钮，将"背景"图层复制一层，得到"背景副本"图层，如图11-3所示。

（3）按Ctrl+U快捷键，弹出"色相/饱和度"对话框，在该对话框中进行参数设置，如

图11-2 打开素材

图11-4所示。单击"确定"按钮,退出该对话框,效果如图11-5所示。

图11-3 "背景副本"图层

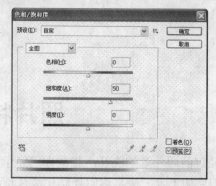

图11-4 "色相/饱和度"对话框

（4）选择"滤镜"|"模糊"|"特殊模糊"命令,弹出"特殊模糊"对话框,在该对话框中设置参数如图11-6所示。单击"确定"按钮,退出该对话框,效果如图11-7所示。

图11-5 调整后的效果

图11-6 "特殊模糊"对话框

（5）按Ctrl+I快捷键,进行反相,效果如图11-8所示。

（6）在图层面板中单击选中"背景"图层,按住鼠标将其拖动至"创建新图层"按钮上,复制得到"背景副本2"图层,拖动图层调整顺序至顶层,如图11-9所示。

图11-7 "特殊模糊"效果

图11-8 "反相"效果

（7）选择"滤镜"|"模糊"|"特殊模糊"命令,弹出"特殊模糊"对话框,在该对话框中设置参数如图11-10所示。单击"确定"按钮,退出该对话框,效果如图11-11所示。

（8）选择"滤镜"|"艺术效果"|"水彩"命令弹出"水彩"对话框,在该对话框中进行参数设置,如图11-12所示。单击"确定"按钮,退出该对话框,效果如图11-13所示。

图11-9　复制图层　　　图11-10　"特殊模糊"对话框　　　图11-11　"特殊模糊"效果

图11-12　"水彩"参数　　　　　　　　　图11-13　"水彩"效果

（9）选择"编辑"|"渐隐水彩"命令，弹出"渐隐"对话框，在该对话框中进行参数设置，如图11-14所示。单击"确定"按钮，退出该对话框，效果如图11-15所示。

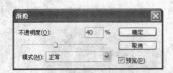

图11-14　"渐隐"对话框　　　　　　　　图11-15　"渐隐"效果

（10）设置图层的"混合模式"为"正片叠底"，图层面板如图11-16所示，效果如图11-17所示。

（11）将"背景副本2"图层拖到图层面板下方"创建新图层"按钮 🔲 上进行复制，生成"背景副本3"图层，将"背景副本3"图层隐藏，选中"背景副本2"图层，图层面板如图11-18所示。

图11-16　设置图层"混合模式"

（12）按快捷键Ctrl+U，弹出"色相/饱和度"对话框，在该对话框中进行参数设置，如图11-19所示。单击"确定"按钮，退出该对话框，效果如图11-20所示。

图11-17　"正片叠底"混合模式效果

图11-18　图层面板

图11-19　"色相/饱和度"对话框

图11-20　调整"色相/饱和度"后的效果

（13）选择"滤镜"｜"模糊"｜"高斯模糊"命令，弹出"高斯模糊"对话框，在该对话框中设置参数如图11-21所示。单击"确定"按钮，退出该对话框，效果如图11-22所示。

图11-21　"高斯模糊"对话框

图11-22　"高斯模糊"效果

（14）在图层面板中恢复"背景副本3"图层的可视性，选中"背景副本2"图层，单击图层面板上的"添加图层蒙版"按钮，为图层添加图层蒙版，选择渐变工具，单击选项栏渐变列表框的下拉按钮，从弹出的渐变列表中选择"黑白"渐变，按下"线性渐变"按钮，在图像窗口中按住并拖动鼠标，填充黑白线性渐变，图层面板如图11-23所示，效果如图11-24所示。

图11-23 图层面板

图11-24 添加渐变后的效果

（15）单击图层面板下方的"创建新的填充或调整图层"按钮 ，在弹出的菜单中选择"亮度/对比度"命令，在图层面板中生成"亮度/对比度1"图层，同时会弹出"亮度/对比度"调整面板，在该面板中进行参数设置，如图11-25所示，效果如图11-26所示。

图11-25 "亮度/对比度"参数调整

图11-26 调整"亮度/对比度"后的效果

（16）单击图层面板下方的"创建新的填充或调整图层"按钮 ，在弹出的菜单中选择"色相/饱和度"命令，在图层面板中生成"色相/饱和度1"图层，同时弹出"色相/饱和度"调整面板，在该面板中进行参数设置，如图11-27所示，效果如图11-28所示。这里就完成了朦胧油彩画的效果制作。

技巧 滤镜可应用于当前选择范围、当前图层或通道，如果需要将滤镜应用于整个图层，不要选择任何图像区域。

图11-27 "色相/饱和度"调整面板

图11-28 完成效果

11.2 写实风格——素描画效果

本教程简单介绍黑白素描画的制作方法。先把照片去色，再反相并改变图层混合模式，然后简单使用一下滤镜效果，这种方法比较简单实用。通过与绘画的素材结合，可以呈现十分逼真的效果，如图11-29所示。

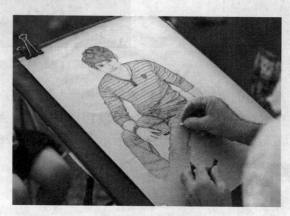

图11-29 素描画效果

(1) 执行"文件"|"打开"命令，打开一张人物素材图像，如图11-30所示。

(2) 执行"图像"|"调整"|"去色"命令，或按Ctrl+Shift+U快捷键，得到如图11-31所示的黑白图像效果。

图11-30 人物素材　　　　　　　　　　图11-31 去色效果

(3) 在图层面板中单击选中"背景"图层，按住鼠标将其拖动至"创建新图层"按钮上，复制得到"背景副本"图层，如图11-32所示。

(4) 执行"图像"|"调整"|"反相"命令，或按Ctrl+I快捷键，效果如图11-33所示。

(5) 设置"背景副本"图层的"混合模式"为"颜色减淡"，图层面板如图11-34所示。

(6) 执行"滤镜"|"其他"|"最小值"命令，弹出"最小值"对话框，设置"半径"为1像素，如图11-35所示。

图11-32 复制图层

图11-33 "反相"效果

（7）单击"确定"按钮，退出"最小值"对话框，效果如图11-36所示。

图11-34 设置混合模式

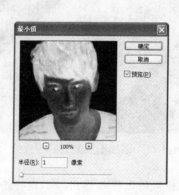

图11-35 "最小值"对话框

图11-36 素材效果

（8）按Ctrl+Shift+Alt+E快捷键，盖印所有可见图层，系统自动生成"图层1"图层，如图11-37所示。

（9）执行"文件"|"打开"命令，打开一张绘画素材图像，如图11-38所示。

图11-37 生成"图层1"

图11-38 绘画素材

（10）运用移动工具，将刚刚的人物素描图像添加至绘画素材文件中，按Ctrl+T快捷键，进入自由变换状态，单击鼠标右键，在弹出的快捷菜单中选择"斜切"选项，调整图像与画夹上的素材纸角度相符，如图11-39所示，按Enter键确认调整。

（11）设置素描人物图层的"混合模式"为"正片叠底"，效果如图11-40所示。

图11-39　添加素材图像

图11-40　"正片叠底"混合模式的效果

　　（12）单击图层面板上的"添加图层蒙版"按钮 ⬚，为素描图层添加图层蒙版。设置前景色为黑色，选择画笔工具 ✎，按"["或"]"键调整合适的画笔大小，在图像上涂抹，编辑图层蒙版，使两张图像更加自然的融合，得到如图11-41所示的效果。

图11-41　添加图层蒙版后的效果

 有些滤镜只对RGB颜色模式的图像起作用，不能将滤镜应用于位图模式或索引模式的图像，有些滤镜不能应用于CMYK颜色模式图像。

11.3　别离的渡口——淡彩钢笔画效果

　　本实例通过使用滤镜，可以将照片制作为淡彩钢笔画的效果，色彩古朴雅致，透出淡淡西洋画风格。制作完成的水彩插画效果如图11-42所示。

图11-42　淡彩钢笔画

（1）双击桌面上的快捷图标，启动Photoshop，执行"文件"|"打开"命令，在"打开"对话框中选择人物照片，单击"打开"按钮，打开的素材图像如图11-43所示。

（2）单击工具箱中的"设置前景色"色块，弹出"拾色器（前景色）"对话框，设置颜色为白色。单击图层面板中的"创建新图层"按钮 ，新建一个图层，按Alt+Delete快捷键，填充颜色，如图11-44所示。

图11-43 素材图像

图11-44 新建图层并填充颜色

（3）将"背景"图层复制一层，并放置在"图层1"图层的上方，如图11-45所示。

（4）执行"图像"|"调整"|"去色"命令，效果如图11-46所示。

图11-45 复制图层

图11-46 去色效果

（5）执行"滤镜"|"素描"|"绘图笔"命令，在弹出的"绘图笔"对话框中设置参数，如图11-47所示，单击"确定"按钮，效果如图11-48所示。

图11-47 设置"绘图笔"参数

（6）将背景图层复制一层，得到"背景副本2"图层，按Ctrl+Shift+]快捷键，将其放置在最上层，如图11-49所示。

（7）执行"滤镜"|"素描"|"炭笔"命令，在弹出的"炭笔"对话框中设置参数，如图11-50所示。

图11-48 "绘图笔"效果

图11-49 复制图层

（8）单击"确定"按钮，退出"炭笔"对话框，效果如图11-51所示。

图11-50 "炭笔"对话框

图11-51 "炭笔"效果

（9）设置图层的"混合模式"为"变暗"、"不透明度"为50%，如图11-52所示，此时图像效果如图11-53所示。

图11-52 设置图层属性

图11-53 图层设置参数后的效果

（10）单击工具箱中的前景色色块，在弹出的"拾色器（前景色）"对话框中设置参数如图11-54所示。

（11）单击"确定"按钮，退出对话框，单击图层面板中的"创建新图层"按钮 ，新建一个图层，按Alt+Delete快捷键，填充颜色，设置图层的"混合模式"为"变暗"，图层面板如图11-55所示，效果如图11-56所示。

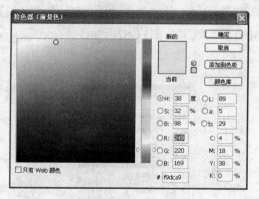

图11-54 "拾色器(前景色)"对话框

图11-55 更改图层模式

（12）将背景图层再复制一层，得到"背景副本3"图层，按Ctrl+Shift+]快捷键，将其调整至图层调板顶端，如图11-57所示。

图11-56 图像效果

图11-57 复制图层

（13）执行"图像"|"调整"|"去色"命令，再执行"滤镜"|"风格化"|"照亮边缘"命令，在弹出的"照亮边缘"对话框中设置参数，如图11-58所示。

（14）单击"确定"按钮，关闭对话框并应用滤镜，执行"图像"|"调整"|"反相"命令，或按Ctrl+I快捷键，效果如图11-59所示。

图11-58 "照亮边缘"对话框

图11-59 "反相"效果

（15）设置图层的混合模式为"正片叠底"，效果如图11-60所示。

（16）将背景图层复制一层，得到"背景副本4"图层，并放置在"图层2"下方，设置图层的"不透明度"为60%，图层面板如图11-61所示，效果如图11-62所示。

图11-60 "正片叠底"效果

图11-61 复制图层

图11-62 更改图层不透明度

 如果滤镜对话框中有"预览"复选框，则可以勾选此选项。以便在图像窗口预览到应用滤镜的结果，此时仍然可以使用Ctrl+"+"和Ctrl+"-"快捷键调整图像窗口的大小。

11.4 拥有自己的肖像画——制作油画效果

每到假日，著名风景区、热闹的街头等，都会有街头艺术家帮客人绘制肖像，只要花钱就可以买到自己的肖像画，确实很吸引人，但动辄几百元的绘制费和一段无聊的等待时间，或许不是所有人都可以接受的。如果你不想花钱和时间，又和笔者一样不会拿画笔作画，那就用Photoshop帮我们把照片变成艺术画来过过瘾吧！

本实例在制作的过程中，分别使用了木刻、中间值、深色线条、智能锐化等滤镜，再通过更改图层模式，使效果更加融合，最终得到油画效果，如图11-63所示。

（1）启动Photoshop，执行"文件"|"打开"命令，在"打开"对话框中选择人物照片，单击"打开"按钮，打开的素材，如图11-64所示。

（2）执行"图层"|"复制图层"命令，弹出"复制图层"对话框，保持默认设置，单击"确定"按钮，将"背景"图层复制一层，得到"背景副本"图层，如图11-65所示。

图11-63　油画效果

图11-64　素材图像

图11-65　复制图层

（3）执行"滤镜"|"艺术效果"|"木刻"命令，弹出"木刻"对话框，设置参数如图11-66所示，单击"确定"按钮关闭对话框，效果如图11-67所示。

（4）在图层面板中单击选中背景图层，按住鼠标将其拖动至"创建新图层"按钮 上，复制得到"背景副本2"图层，拖动图层调整顺序至顶层，如图11-68所示。

图11-66　"木刻"参数　　　　　图11-67　"木刻"效果　　　　图11-68　复制图层并调整顺序

（5）执行"滤镜"|"杂色"|"中间值"命令，弹出"中间值"对话框，设置参数如图11-69所示，单击"确定"按钮关闭对话框，效果如图11-70所示。

（6）设置"背景副本2"图层的"混合模式"为"强光"，图层面板如图11-71所示，图像效果如图11-72所示。

（7）在图层面板中单击选中背景图层，按住鼠标将其拖动至"创建新图层"按钮 上，复制得到"背景副本3"图层，拖动图层调整顺序至顶层，如图11-73所示。

图11-69　设置"中间值"参数

图11-70　应用"中间值"效果

图11-71　图层面板

（8）选择"背景副本3"图层，执行"滤镜"|"画笔描边"|"深色线条"命令，弹出"深色线条"对话框，设置参数如图11-74所示，单击"确定"按钮关闭对话框。

图11-72　"强光"效果

图11-73　复制图层并调整顺序

图11-74　"深色线条"
参数设置

（9）在图层面板中设置图层的"混合模式"为"滤色"，如图11-75所示，图像效果如图11-76所示。

图11-75　图层面板

图11-76　应用"深色线条"和"滤色"的效果

（10）按Ctrl+Alt+Shift+E快捷键，盖印当前所有可见图层。

（11）执行"滤镜"|"锐化"|"智能锐化"命令，弹出"智能锐化"对话框，设置参数如图11-77所示。

（12）单击"确定"按钮，退出"智能锐化"对话框，得到如图11-78所示效果。

图11-77　"智能锐化"滤镜对话框

图11-78　添加"智能锐化"滤镜的效果

11.5　古堡的爱情——水彩画特效

Photoshop可以模仿各种绘画效果，使本来平淡无奇的照片具有艺术的美感，本实例通过多个滤镜的使用，令一张水彩画跃然纸上，色彩雅致，笔触清晰，透出淡淡古朴气息，如图11-79所示。

图11-79　水彩画特效

（1）启动Photoshop，执行"文件" | "打开"命令，在"打开"对话框中选择人物照片，单击"打开"按钮，打开素材，如图11-80所示。

（2）在图层面板中单击选中"背景"图层，按住鼠标将其拖动至"创建新图层"按钮 上，复制得到"背景副本"图层，如图11-81所示。

图11-80　打开素材

图11-81　图层面板

（3）按快捷键Ctrl+U，弹出"色相/饱和度"对话框，在对话框中设置参数如图11-82所示。单击"确定"按钮，退出该对话框，效果如图11-83所示。

图11-82　调整"色相/饱和度"参数

图11-83　"色相/饱和度"调整后的效果

（4）按快捷键Ctrl+L，弹出"色阶"对话框，在对话框中设置参数如图11-84所示。单击"确定"按钮，退出该对话框，效果如图11-85所示。

图11-84　调整"色阶"

图11-85　"色阶"调整后的效果

提示

使用"色阶"命令可以调整图像的阴影、中间调和强度级别，从而校正图像的色调范围和色彩平衡。"色阶"命令常用于修正曝光不足或过度的图像，同时也可对图像的对比度进行调节。

拖动"输入色阶"项下方的三个滑块，或直接在"输入色阶"框中输入数值，分别设置阴影、中间色调和高光色阶的值来调整图像的色阶。

（5）在图层面板中单击选中背景图层，按住鼠标将其拖动至"创建新图层"按钮 █ 上，复制得到"背景副本2"图层，拖动图层调整其位置至顶层，如图11-86所示。

（6）执行"滤镜"|"风格化"|"查找边缘"命令，效果如图11-87所示。

（7）设置"背景副本2"图层的"不透明度"为"50%"，如图11-88所示，效果如图11-89所示。

（8）将"背景"图层拖到图层面板下方的"创建新图层"按钮 █ 上进行复制，生成新的"背景副本3"图层，并将其置于图层面板最上方，设置"混合模式"为"强光"、"不透明度"为60%，图层面板如图11-90所示，图像效果如图11-91所示。

图11-86　复制图层

图11-87　"查找边缘"效果

图11-88　设置图层不透明度

图11-89　不透明度为"70%"效果

图11-90　设置图层属性

图11-91　图像效果

（9）按快捷键Ctrl+U，弹出"色相/饱和度"对话框，在对话框中设置参数如图11-92所示。单击"确定"按钮，退出该对话框，效果如图11-93所示。

（10）选择"滤镜"|"锐化"|"锐化"命令。然后按快捷键Ctrl+U，弹出"色相/饱和度"对话框，在对话框中设置参数如图11-94所示。单击"确定"按钮，退出该对话框，效果如图11-95所示。完成水彩特效制作。

图11-92　调整"色相/饱和度"

图11-93　"色相/饱和度"效果

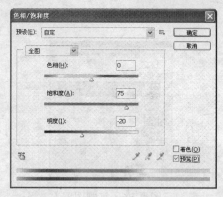

图11-94　"色相/饱和度"对话框

图11-95　完成效果

11.6　静静的下午——马赛克效果

本实例主要使用"马赛克"滤镜制作马赛克效果，如图11-96所示。

图11-96　马赛克效果

（1）启动Photoshop，执行"文件"|"打开"命令，在"打开"对话框中选择人物照片，单击"打开"按钮，打开素材，如图11-97所示。

（2）在图层面板中单击选中"背景"图层，按住鼠标将其拖动至"创建新图层"按钮 上，复制得到"背景副本"图层，如图11-98所示。

图11-97 素材图像

图11-98 复制图层

（3）在图层面板中选择"背景副本"图层，更改图层的"混合模式"为"叠加"，如图11-99所示。

（4）单击"滤镜"|"像素化"|"马赛克"命令，弹出"马赛克"对话框，设置参数如图11-100所示。

图11-99 "叠加"模式

图11-100 "马赛克"对话框

（5）单击"确定"按钮，关闭"马赛克"对话框，效果如图11-101所示。

（6）单击"滤镜"|"锐化"|"锐化"命令，并按Ctrl+F组合键3次，效果如图11-102所示。

图11-101 马赛克效果

图11-102 锐化效果

（7）选取工具箱中的横排文字工具，在图像的合适位置输入文字Love story，设置好字体、字号与颜色，效果如图11-103所示。

图11-103　输入文字

11.7　沉思的少女——仿景深电影画面效果

照片中的主角是吸引人的焦点，如果想要让主角更突出，你可以试着把相片的四周调暗，这是电影中常出现的画面，这样观赏者自然就会将视觉焦点聚集在主角上。另外，如果照片的背景较杂乱时，也可以利用这个方法让背景中的杂物不要太明显。

本实例主要通过Lab通道调整颜色，通过"渐变叠加"图层样式和添加图层蒙版制作景深效果，运用矩形工具仿造电影画面，制作出仿景深电影画面的效果，如图11-104所示。

图11-104　仿景深电影画面效果

（1）启动Photoshop，执行"文件"|"打开"命令，在"打开"对话框中选择人物照片，单击"打开"按钮，打开素材，如图11-105所示。

（2）在图层面板中单击选中"背景"图层，按住鼠标将其拖动至"创建新图层"按钮 上，复制得到"背景副本"图层，如图11-106所示。

图11-105　素材图像

图11-106　复制图层

（3）执行"图像"|"模式"|"Lab颜色"命令，弹出提示对话框，如图11-107所示，单击"不拼合"按钮，关闭对话框。

（4）切换至通道面板。选中a通道，如图11-108所示。按Ctrl+A快捷键全选，然后按Ctrl+C快捷键复制。

（5）选中b通道，如图11-109所示，按Ctrl+V快捷键粘贴。选择Lab通道，返回图层面板，按Ctrl+D快捷键取消选择，得到如图11-110所示效果。

图11-107 提示对话框　　　图11-108 选中a通道　　　图11-109 选中b通道

（6）选择"图像"|"模式"|"RGB颜色"命令，弹出提示对话框，单击"不拼合"按钮，关闭对话框。

（7）在图层面板中选择"背景副本"图层，按Ctrl+J快捷键复制图层，得到"背景副本2"图层，设置"混合模式"为"柔光"、"不透明度"为"50%"，图层面板如图11-111所示，图像效果如图11-112所示。

图11-110 选择Lab通道效果　　　　　图11-111 设置图层属性

（8）执行"图层"|"图层样式"|"渐变叠加"命令，弹出"图层样式"对话框，单击渐变条，在弹出的"渐变编辑器"对话框中设置颜色如图11-113所示，其中灰色的RGB参考值分别为R198、G197、B195，绿色的RGB参考值分别为R12、G32、B39。

（9）单击"确定"按钮，返回"图层样式"对话框，设置参数如图11-114所示。单击"确定"按钮，退出"图层样式"对话框，添加"渐变叠加"的效果如图11-115所示。

（10）单击图层面板上的"添加图层蒙版"按钮 ，为图层添加图层蒙版，按D键，恢复前景色和背景为默认的黑白颜色，选择渐变工具，单击选项栏渐变列表框的下拉按钮，从弹出的渐变列表中选择"黑白"渐变，按下"径向渐变"按钮，在图像窗口中按住并拖动鼠标，填充黑白径向渐变，图层面板如图11-116所示，效果如图11-117所示。

图11-112　"柔光"效果

图11-113　"渐变编辑器"对话框

图11-114　设置"渐变叠加"参数

图11-115　添加"渐变叠加"后的效果

图11-116　图层面板

图11-117　添加图层蒙版效果

　　（11）设置前景色为黑色，选择工具箱中的矩形工具，按下工具选项栏中的"形状图层"按钮，在图像窗口中按住鼠标并拖动，绘制矩形，制作电影屏幕效果，如图11-118所示，此时图层面板如图11-119所示。

图11-118 电影屏幕效果

图11-119 图层面板

11.8 记忆之窗——老照片效果

亮白的T恤如果变黄，肯定没有人想再穿它；但是旧照片如果泛黄，却会让人想仔细端详，当年相片中的人，那时是什么模样。本实例中，我们正要介绍如何创建这种会令人勾起无限思念的旧相片效果，教你将彩色照片转换成更有味道的旧相片，效果如图11-120所示。

图11-120 老照片效果

（1）启动Photoshop CS4，执行"文件"|"打开"命令，打开一张素材图片，如图11-121所示。

（2）按Ctrl+J快捷键，复制"背景"图层，在图层面板中生成新图层，如图11-122所示。

图11-121 打开素材

图11-122 复制图层

（3）执行"滤镜"｜"杂色"｜"添加杂色"命令，弹出"添加杂色"对话框，在该对话框中进行参数设置，如图11-123所示。

（4）单击"确定"按钮，退出该对话框，效果如图11-124所示。

图11-123　"添加杂色"对话框

图11-124　"添加杂色"后的效果

（5）执行"图像"｜"调整"｜"色彩平衡"命令，弹出"色彩平衡"对话框，设置参数如图11-125所示。

（6）选择"阴影"单选按钮，设置参数如图11-126所示。

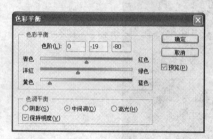

图11-125　"色彩平衡"对话框

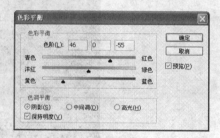

图11-126　"阴影"参数设置

（7）选择"高光"单选按钮，设置参数如图11-127所示。

（8）单击"确定"按钮，退出该对话框，调整效果如图11-128所示。

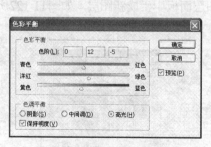

图11-127　"高光"参数设置

图11-128　"色彩平衡"调整效果

（9）在图层面板中单击选中"背景副本"图层，按住鼠标将其拖动至"创建新图层"按钮 上，复制得到"背景副本2"图层，如图11-129所示。

（10）执行"图像"｜"调整"｜"色相/饱和度"命令，或按Ctrl+U快捷键，弹出"色相/饱和度"对话框，在该对话框中进行参数设置，如图11-130所示。

图11-129　复制图层

图11-130　"色相/饱和度"参数调整

（11）单击"确定"按钮，退出该对话框，效果如图11-131所示。

（12）在图层面板中设置"背景副本"图层的"不透明度"为80%，图层面板如图11-132所示，图像效果如图11-133所示。

图11-131　"色相/饱和度"效果

图11-132　设置图层属性

（13）单击图层面板下方的"创建新图层"按钮 ，新建一个图层，如图11-134所示。

图11-133　"不透明度"为80%的效果

图11-134　新建图层

（14）选择工具箱中的单列选框工具 ，在工具选项栏中按下"添加到选区"按钮 ，在图像窗口中单击鼠标，绘制选区，如图11-135所示。

（15）执行"编辑"|"描边"命令，弹出"描边"对话框，在该对话框中设置参数如图11-136所示。

（16）单击"确定"按钮，退出该对话框，按快捷键Ctrl+D，取消选择，效果如图11-137所示。

图11-135　绘制选区

图11-136　设置"描边"参数

（17）在图层面板中设置"图层1"图层的"不透明度"为40%，图层面板如图11-138所示，图像效果如图11-139所示。

图11-137　"描边"效果

图11-138　设置图层属性

图11-139　完成效果

11.9　模拟阳光——透过窗户的光照效果

本实例结合通道和图层混合模式，制作出光照效果。其中要使用通道制作光透过窗户的形状，使用图层混合模式制作出光照效果，完成效果如图11-140所示。

（1）启动Photoshop CS4，执行"文件"|"打开"命令，打开一张素材图片，如图11-141所示。

（2）切换至通道面板，单击"创建新通道"按钮 ，新建Alpha 1通道，如图11-142所示。

图11-140 光照效果

（3）选择工具箱中的矩形选框工具 ，在图像窗口中按住鼠标并拖动，绘制选区，填充颜色为白色，如图11-143所示。

图11-141 打开素材   图11-142 新建通道   图11-143 建立矩形选区并填充

（4）选择工具箱中的移动工具 ，按住Alt键的同时，移动光标至矩形上，当光标呈 形状时，按住鼠标并拖动，释放鼠标复制一个矩形，再复制4个白色矩形，按Ctrl+D快捷键，取消选择，效果如图11-144所示。

（5）运用移动工具 ，将4个白色矩形移动至通道右侧，以便于下面进行切变变形操作，如图11-145所示。

图11-144 复制矩形   图11-145 移动矩形

（6）执行"滤镜"｜"扭曲"｜"切变"命令，在弹出的"切变"对话框中设置参数如图11-146所示，单击"确定"按钮退出该对话框，效果如图11-147所示。

（7）按Ctrl+T快捷键，图片周围出现控制手柄，调整图像的大小并旋转到适当的角度，按Enter键确定操作，效果如图11-148所示。

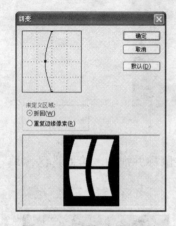
图11-146　"切变"对话框

图11-147　"切变"效果

图11-148　调整图像后的效果

（8）执行"滤镜"｜"模糊"｜"高斯模糊"命令，弹出"高斯模糊"对话框，设置参数如图11-149所示，单击"确定"按钮，退出该对话框，效果如图11-150示。

（9）执行"编辑"｜"变换"｜"透视"命令，对图形进行透视变换，如图11-151所示，按Enter键应用变换，如图11-152所示。

图11-149　"高斯模糊"对话框

图11-150　"高斯模糊"的效果

图11-151　选择透视变换

图11-152　应用变换的效果

（10）按Ctrl键的同时单击Alpha 1通道，载入通道选区，返回图层面板，按Ctrl+Shift+I快捷键反选选区，如图11-153所示。

（11）单击图层面板下方的"创建新图层"按钮 ，新建"图层1"图层，如图11-154所示。

（12）设置前景色为黑色，按Alt+Delete快捷键填充选区，得到如图11-155所示的效果。

图11-153 选区

图11-154 新建图层

图11-155 填充选区

（13）设置"图层1"图层的"不透明度"为30%，图层面板如图11-156所示，效果如图11-157所示。

图11-156 设置图层属性

图11-157 完成效果

11.10 强化人物的速度感——制作运动效果

当你拍摄动态主体时，例如高速移动的车子、跑步中的运动员等，为了使图像清晰，通常会提高快门速度来凝结瞬间的动作，不过这样的画面比较无法呈现"动"的感觉，没关系，我们可以运用"动感模糊"滤镜让照片动起来，效果如图11-158所示。

图11-158 运动效果

（1）启用Photoshop后，执行"文件"|"打开"命令，在"打开"对话框中选择人物素材，单击"打开"按钮，打开素材，如图11-159所示。

（2）在图层面板中单击选中"背景"图层，按住鼠标将其拖动至"创建新图层"按钮 上，复制得到"背景副本"图层，如图11-160所示。

图11-159　人物素材

图11-160　图层面板

（3）执行"滤镜"|"模糊"|"动感模糊"命令，弹出"动感模糊"对话框，设置参数如图11-161所示。

（4）单击"确定"按钮，关闭"动感模糊"对话框，人物效果如图11-162所示。

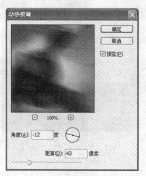

图11-161　"动感模糊"对话框

图11-162　"动感模糊"效果

（5）单击图层面板上的"添加图层蒙版"按钮 ，为背景副本图层添加图层蒙版。按D键，恢复前景色和背景色为默认的黑白颜色，按Ctrl+Delete快捷键，填充蒙版为黑色，然后选择画笔工具 ，在人物上涂抹，此时图层面板如图11-163所示，图像效果如图11-164所示。

图11-163　图层面板

图11-164　添加图层蒙版效果

"动感模糊"滤镜会产生对象沿某方向运动而得到的模糊效果，此滤镜的效果类似于以固定的曝光时间给一个移动的对象拍照，在"动感模糊"滤镜对话框中，"角度"参数用于设置运动的方向，"距离"参数用于设置模糊的强度（范围1～999）。

11.11 跳出画框的人——矛盾空间

在平面图像中创建矛盾空间是一类常用的创作超现实作品的手段。把物体从一个空间延伸到另一个空间，视觉效果非常突出，也是一种突出主体的方法。本实例通过人为的空间切断重组方法，创建超现实的合成作品，最终完成效果如图11-165所示。

图11-165　矛盾空间

（1）启动Photoshop CS4，执行"文件"|"打开"命令，打开一张素材图片，如图11-166所示。

（2）将人物选择出来，身体部分运用磁性套索工具 ，头发运用通道抠图，具体操作方法可参照"第4章 人物头发的修饰"，选区如图11-167所示。

（3）按Ctrl+J快捷键，复制选区至新的图层中，系统自动生成"图层1"图层，如图11-168所示。

图11-166　人物素材　　　　　　图11-167　选区　　　　　　图11-168　复制人物图像

（4）选择工具箱中的矩形选框工具![],在图像窗口中按住鼠标并拖动,绘制选区,如图11-169所示。

（5）选择"背景"图层,按Ctrl+J快捷键,复制选区至新的图层中,系统自动生成"图层2"图层,如图11-170所示。

（6）单击图层面板下方的"创建新图层"按钮![],新建"图层3"图层,设置前景色为白色,按Alt+Delete快捷键填充图层,调整图层的顺序,图层面板如图11-171所示,图像效果如图11-172所示。

图11-169 绘制选区

图11-170 复制图形

图11-171 填充白色

（7）执行"编辑"|"变换"|"斜切"命令,对图形进行调整,如图11-173所示,按Enter键应用变换。

（8）双击"图层2"图层,弹出"图层样式"对话框,选择左侧样式列表中的"投影"选项,参数设置如图11-174所示,选择"描边"选项,参数设置如图11-175所示。

图11-172 图像效果

图11-173 调整图形

图11-174 "投影"参数

（9）单击"确定"按钮,退出该对话框,效果如图11-176所示。

（10）选择"图层1"图层,执行"编辑"|"变换"|"旋转"命令,旋转人物图像,单击鼠标右键,在弹出的快捷菜单中选择"透视"选项,对人物图像进行调整,如图11-177所示,按Enter键应用变换。

（11）按住Ctrl键的同时,单击"图层1"图层,载入图层选区,如图11-178所示。

（12）单击工具箱中的"设置前景色"色块,弹出"拾色器（前景色）"对话框,设置颜色如图11-179所示。

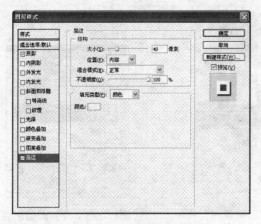

图11-175　"描边"参数设置

图11-176　"描边"效果

图11-177　调整人物图像

图11-178　载入选区

（13）单击图层面板下方的"创建新图层"按钮，新建"图层4"图层，按Alt+Delete快捷键填充图层，按Ctrl+D快捷键，取消选择，调整好图层的顺序，图层面板如图11-180所示。

图11-179　设置颜色

图11-180　填充图层

（14）执行"滤镜"|"模糊"|"高斯模糊"命令，弹出"高斯模糊"对话框，设置参数如图11-181所示。

（15）单击"确定"按钮，关闭"高斯模糊"对话框，效果如图11-182所示。

（16）在图层面板中设置"图层4"图层的"不透明度"为40%，图层面板如图11-183所示，图像效果如图11-184所示。

图11-181　"高斯模糊"对话框

图11-182　"高斯模糊"效果

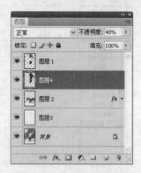

图11-183　设置图层属性

（17）选择工具箱中的多边形套索工具，建立选区如图11-185所示。

（18）按Delete键，删除选区内的阴影，效果如图11-186所示。执行"选择"|"取消选择"命令。

图11-184　设置后的效果

图11-185　建立选区

图11-186　删除选区内的阴影

11.12　倒影——水波效果

图11-187　水波效果

本实例将制作出逼真的水中倒影效果，如图11-187所示。在制作过程中，首先运用"垂直翻转"命令翻转人物，再通过"波浪"命令和添加图层蒙版制作倒影效果，最后通过填充渐变和设置图层"不透明度"制作水面。

（1）启用Photoshop后，执行"文件"|"新建"命令，弹出"新建"对话框，在对话框中设置参数如图11-188所示，单击"确定"按钮，新建一个空白文件。

（2）单击工具箱中的"前景色"色块，在弹出的"拾色器（前景色）"对话框中设置前景色为红色，参数值如图11-189所示，单击"确定"按钮。

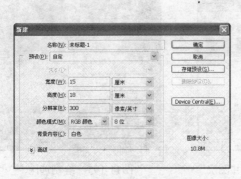

图11-188 "新建"对话框

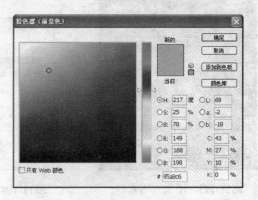

图11-189 设置前景色

（3）单击工具箱中的"背景色"色块，在弹出的"拾色器（背景色）"对话框中设置颜色为白色，参数值如图11-190所示，单击"确定"按钮。

（4）选择工具箱渐变工具 ，在工具选项栏中单击渐变条 ，打开"渐变编辑器"对话框，设置参数如图11-191所示。

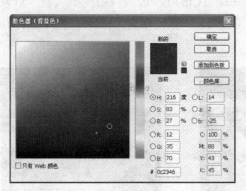

图11-190 设置背景色

图11-191 "渐变编辑器"对话框

（5）单击"确定"按钮，关闭"渐变编辑器"对话框。按下工具选项栏中的"线性渐变"按钮 ，在图像中按住并由上至下拖动鼠标，填充渐变的效果如图11-192所示。

（6）执行"文件"|"打开"命令，在"打开"对话框中选择人物素材，单击"打开"按钮，运用移动工具 ，将人物素材添加至文件中，调整好大小和位置，得到如图11-193所示的效果。

（7）按Ctrl+E快捷键，向下合并图层，如图11-194所示。

（8）选择工具箱中的矩形选框工具 ，在图像窗口中按住鼠标并拖动，绘制选区，如图11-195所示。

图11-192 填充渐变后的效果

图11-193　添加人物素材　　　　图11-194　合并图层　　　　图11-195　绘制选区

（9）按Ctrl+J快捷键，复制选区至新的图层中，系统自动生成"图层1"图层，如图11-196所示。

（10）执行"编辑"|"变换"|"垂直翻转"命令，垂直翻转图形，运用移动工具 调整好位置，如图11-197所示。

（11）执行"编辑"|"自由变换"命令，按快捷键Ctrl+T，进入自由变换状态，对象周围出现控制手柄，移动鼠标光标至下侧中间的控制手柄上，当光标变为 状时，按下鼠标并向上拖动，如图11-198所示。

图11-196　复制图层　　　　　图11-197　垂直翻转　　　　　图11-198　调整图形

图11-199　确定的图形

（12）拖动至合适位置时释放鼠标，按Enter确定操作，得到如图11-199所示的效果。

（13）在图层面板中单击选中"图层1"图层，按住鼠标将其拖动至"创建新图层"按钮 上，复制得到"图层1副本"图层，如图11-200所示。

（14）执行"滤镜"|"扭曲"|"波浪"命令，弹出"波浪"对话框，设置参数如图11-201所示。

图11-200 复制图层

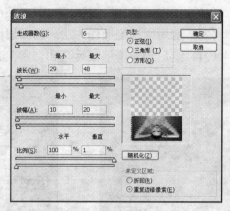

图11-201 "波浪"对话框

（15）单击"确定"按钮，关闭"波浪"对话框，效果如图11-202所示。

（16）单击图层面板上的"添加图层蒙版"按钮 ，为图层添加图层蒙版，选择渐变工具 ，单击选项栏渐变列表框中的下拉按钮 ，从弹出的渐变列表中选择"黑白"渐变，按下"线性渐变"按钮 ，在图像窗口中按住并拖动鼠标，填充黑白线性渐变，图层面板如图11-203所示，图像效果如图11-204所示。

图11-202 "波浪"效果

图11-203 添加图层蒙版

图11-204 添加图层蒙版效果

（17）在图层面板中单击选中"图层1"图层，按住鼠标将其拖动至"创建新图层"按钮 上，复制得到"图层1副本2"图层，调整图层顺序至顶层。

（18）执行"滤镜"|"扭曲"|"波浪"命令，弹出"波浪"对话框，设置参数如图11-205所示。

 上一次选择的滤镜已出现在"滤镜"菜单顶部，按下Ctrl+F键可再次以相同参数应用该滤镜，按下Ctrl+Alt+F键，可再次打开该"滤镜"对话框。

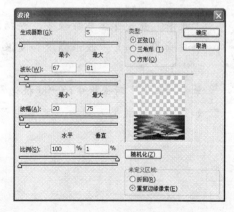

图11-205 "波浪"对话框

（19）单击"确定"按钮，关闭"波浪"对话框，效果如11-206所示。

（20）运用同样的操作方法，为图层添加图层蒙版，效果如11-207所示。

（21）运用矩形选框工具□和套索工具□，绘制选区，如11-208所示。

图11-206　"波浪"效果

图11-207　添加图层蒙版

图11-208　绘制选区

（22）选择工具箱渐变工具□，按下工具选项栏中的"线性渐变"按钮□，在图像中按住并由上至下拖动鼠标，填充渐变的效果如11-209所示。

（23）设置"图层1"图层的"不透明度"为30%，图层面板如图11-210所示，效果如图11-211所示。

图11-209　填充渐变的效果

图11-210　设置图层属性

图11-211　最终效果

"波浪"滤镜可控参数较多，包括波浪生成器的数目、波长（从一个波峰到下一个波峰的距离）、波浪高度和波浪类型（"正弦"（滚动）、"三角形"或"方形"）。

单击"波浪"对话框中的"随机化"按钮可在参数不变的前提下得到随机化效果，如果对波浪效果不满意，可单击该按钮直至得到满意效果为止。

第12章

照片模板的制作

本章主要介绍了照片模板的制作方法，如将照片制作成相册封面、台历、请柬、光盘、卷轴、易拉宝等的操作方法和技巧。

12.1 凝香花季——写真照片模板

本实例制作一款写真照片模板，效果如图12-1所示。

在制作过程中，首先新建一个文件，为背景填充渐变色，再通过运用"色相/饱和度"命令、设置图层的"混合模式"和"不透明度"、添加图层蒙版等操作，设置背景和人物素材。再通过"镜头光晕"命令和设置图层的"混合模式"制作发光效果，运用圆角矩形工具和剪贴蒙版制作照片效果，最后再添加文字素材，完成实例的制作。

图12-1　写真照片模板

（1）启用Photoshop CS4后，执行"文件"|"新建"命令，弹出"新建"对话框，在对话框中设置参数如图12-2所示，单击"确定"按钮，新建一个空白文件。

（2）单击工具箱中的"前景色"色块，在弹出的"拾色器（前景色）"对话框中设置前景色为红色，参数值如图12-3所示，单击"确定"按钮。

（3）单击工具箱中的"背景色"色块，在弹出的"拾色器（背景色）"对话框中设置颜色为白色，单击"确定"按钮。

（4）选择工具箱中的渐变工具▣，在工具选项栏中单击渐变条▬▬，打开"渐变编辑器"对话框，设置参数如图12-4所示。单击"确定"按钮，关闭"渐变编辑器"对话框。按下工具选项栏中的"线性渐变"按钮▣，在图像中按住并由上至下拖动鼠标，填充渐变，效果如图12-5所示。

图12-2 "新建"对话框

图12-3 设置颜色参数

图12-4 "渐变编辑器"对话框

图12-5 填充渐变的效果

Photoshop可创建五种形式的渐变：线性渐变、径向渐变、角度渐变、对称渐变和菱形渐变，按下选项栏中的相应按钮即可选择相应的渐变类型。

线性渐变：从起点到终点发生线性渐变。

径向渐变：从起点到终点以圆形图案逐渐改变。

角度渐变：围绕起点以逆时针环绕逐渐改变。

对称渐变：在起点两侧发生对称线性渐变。

菱形渐变：从起点向外以菱形图案逐渐改变。

（5）执行"文件"|"打开"命令，在"打开"对话框中选择树林素材，打开素材，如图12-6所示。

（6）执行"图像"|"调整"|"色相/饱和度"命令，弹出"色相/饱和度"对话框，选中"着色"复选框，设置参数如图12-7所示。

（7）单击"确定"按钮，退出对话框，"色相/饱和度"调整效果如图12-8所示。

（8）运用移动工具，将树林素材添加至文件中，调整好大小和位置，图层面板中自动生成"图层1"图层，设置图层的"混合模式"为"叠加"、"不透明度"为"80%"，图层面板如图12-9所示，图像效果如图12-10所示。

（9）执行"文件"|"打开"命令，在"打开"对话框中选择玫瑰花素材，单击"打开"按钮，打开素材，如图12-11所示。

（10）运用移动工具，将玫瑰花素材添加至文件中，调整好大小和位置，图层面板中自动生成"图层2"图层，单击图层面板上的"添加图层蒙版"按钮，为"图层2"图层添加图层蒙版。

图12-6 树林素材

图12-7 "色相/饱和度"对话框

图12-8 "色相/饱和度"调整效果

图12-9 设置图层属性

图12-10 "叠加"效果

图12-11 玫瑰花素材

（11）编辑图层蒙版，设置前景色为黑色，按Alt+Delete快捷键，填充颜色。再设置前景色为白色，选择画笔工具  不对，按"["或"]"键调整合适的画笔大小，在玫瑰花上涂抹，此时图层面板如图12-12所示，图像效果如图12-13所示。

图12-12 图层面板

图12-13 添加图层蒙版后的效果

（12）执行"图像"|"调整"|"色相/饱和度"命令，弹出"色相/饱和度"对话框，选中"着色"复选框，设置参数如图12-14所示。

（13）单击"确定"按钮，退出对话框，"色相/饱和度"调整效果如图12-15所示。

图12-14 "色相/饱和度"对话框

图12-15 "色相/饱和度"调整效果

（14）设置"图层2"图层的"不透明度"为85%，图像效果如图12-16所示。

（15）执行"文件"|"打开"命令，在"打开"对话框中选择婚纱照片，单击"打开"按钮，打开素材，如图12-17所示。

图12-16 "不透明度"为85%的效果

图12-17 婚纱照片

（16）运用移动工具，将婚纱素材添加至文件中，调整好大小和位置，参照前面同样的操作方法，为婚纱照片添加图层蒙版，得到如图12-18所示的效果。

（17）运用同样的操作方法，添加另一张婚纱照片和光线素材，如图12-19所示。

图12-18 为婚纱照片添加图层蒙版的效果

图12-19 添加素材

（18）单击图层面板中的"创建新图层"按钮 ，新建一个图层，填充颜色为黑色，执行"滤镜"|"渲染"|"镜头光晕"命令，弹出"镜头光晕"对话框，设置参数如图12-20所示。

图12-20 "镜头光晕"对话框

（19）设置图层的"混合模式"为"滤色"，图层面板如图12-21所示，图像效果如图12-22所示。

（20）单击图层面板中的"创建新图层"按钮 ，新建一个图层，选择工具箱中的圆角矩形工具 ，按下工具选项栏中的"填充像素"按钮 ，设置"半径"为50px，在图像窗口中拖动鼠标，绘制一个圆角矩形，如图12-23所示。

图12-21 设置图层属性

图12-22 图像效果

（21）执行"文件"|"打开"命令，在"打开"对话框中选择婚纱照片，单击"打开"按钮，打开素材，如图12-24所示。

图12-23 绘制圆角矩形

图12-24 打开素材

（22）运用移动工具 ，将婚纱素材添加至文件中，按Ctrl+Alt+G快捷键，创建剪贴蒙版，按Ctrl+T快捷键，进入自由变换状态，调整好大小和位置，效果如图12-25所示。

（23）运用同样的操作方法，制作其他的效果，完成实例的制作，最终效果如图12-26所示。

图12-25　调整后的效果

图12-26　最终效果

12.2　贴近自然——生活照片模板

本实例制作一款贴近自然的生活照片模板，效果如图12-27所示。

在制作过程中，首先新建一个文件，通过移动工具和添加图层蒙版等操作，制作背景；再运用圆角矩形工具、矩形选框工具、"图层样式"和剪贴蒙版制作照片效果，然后运用椭圆工具、钢笔工具、画笔工具和自定形状工具制作装饰图案，最后添加文字素材，完成实例的制作。

图12-27　生活照片模板

（1）启用Photoshop CS4后，执行"文件"|"新建"命令，弹出"新建"对话框，在对话框中设置参数如图12-28所示，单击"确定"按钮，新建一个空白文件。

（2）执行"文件"|"打开"命令，在"打开"对话框中选择照片素材，单击"打开"按钮，打开素材，如图12-29所示。

（3）运用移动工具，将素材添加至文件中，调整好大小和位置，如图12-30所示。图层面板中自动生成"图层1"图层。

（4）单击图层面板上的"添加图层蒙版"按钮，为图层添加图层蒙版，选择渐变工具，单击选项栏中渐变列表框中的下拉按钮，从弹出的渐变列表中选择"黑白"渐变，再按下"线性渐变"按钮，在图像窗口中按住并拖动鼠标，填充黑白线性渐变，此时图层面板如图12-31所示，图像效果如图12-32所示。

图12-28 新建文件

图12-29 人物素材

图12-30 添加素材

图12-31 图层面板

（5）单击工具箱中的"前景色"色块，在弹出的"拾色器（前景色）"对话框中设置前景色为绿色，参数值如图12-33所示，然后单击"确定"按钮。

图12-32 渐变效果

图12-33 设置颜色参数

（6）单击图层面板中的"创建新图层"按钮 ，新建一个图层，选择工具箱中的圆角矩形工具 ，按下工具选项栏中的"形状图层"按钮 ，设置"半径"为75px，在图像窗口中拖动鼠标，绘制一个圆角矩形，如图12-34所示。

（7）选择工具箱中的路径选择工具 ，按住Shift+Alt键，移动光标至圆角矩形上，当光标呈 形状时，按住鼠标并向右拖动，释放鼠标复制一个圆角矩形，如图12-35所示。

（8）执行"文件"|"打开"命令，打开另一张照片，选择工具箱中的矩形选框工具 ，在图像窗口中按住鼠标并拖动，绘制一个矩形选区，如图12-36所示。

图12-34 绘制圆角矩形

图12-35 复制圆角矩形

（9）选择工具箱中的移动工具，将选区内的照片素材添加至原来的文件中，图层面板中自动生成"图层2"图层。按住Alt键的同时，移动光标至分隔两个图层的实线上，当光标显示为形状时，单击鼠标左键，创建剪贴蒙版。按Ctrl+T组合键，设置图形的大小，并在移动至合适位置时，按Enter键确认调整，此时图层面板如图12-37所示，图像效果如图12-38所示。

图12-36 绘制选区

图12-37 创建剪贴蒙版

（10）运用同样的操作方法，添加另一张照片素材，如图12-39所示。

图12-38 创建剪贴蒙版的效果

图12-39 添加另一张照片素材

（11）在图层面板中选择"形状1"图层，执行"图层"|"图层样式"|"投影"命令，弹出"图层样式"对话框，设置参数如图12-40所示。

（12）在"图层样式"对话框左侧列表框中选中"描边"复选框，设置参数如图12-41所示，其中绿色的RGB参考值分别为R54、G164、B48。

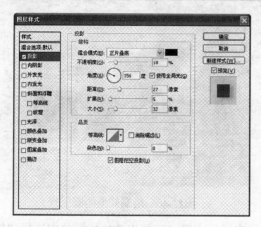

图12-40 "投影"参数设置

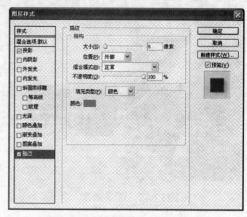

图12-41 "描边"参数设置

技巧 添加"投影"效果时，移动光标至图像窗口，当光标显示为▶形状时拖动，可手动调整阴影的方向和距离。

（13）单击"确定"按钮，退出"图层样式"对话框，效果如图12-42所示。

（14）选择工具箱中的椭圆工具◎，按下工具选项栏中的"形状图层"按钮▣，在图像窗口中拖动鼠标，绘制一个圆，再按下工具选项栏中的"添加到路径区域"按钮◎，绘制不同大小的圆，如图12-43所示。

图12-42 应用"图层样式"的效果

图12-43 绘制圆

（15）设置"形状2"图层的"不透明度"为25%，图层面板如图12-44所示，图像效果如图12-45所示。

（16）参照前面同样的操作方法，绘制其他的圆，效果如图12-46所示。

（17）选择工具箱中的钢笔工具◇，绘制一条路径，如图12-47所示。

（18）选择工具箱中的画笔工具✎，在工具选项栏中设置画笔参数如图12-48所示。

图12-44 设置图层属性

图12-45　图像效果

图12-46　绘制其他的圆

（19）选择钢笔工具 ，在绘制的路径上方单击鼠标右键，在弹出的快捷菜单中选择"描边路径"选项，在弹出的"描边路径"对话框中选择"画笔"选项。

图12-47　绘制路径

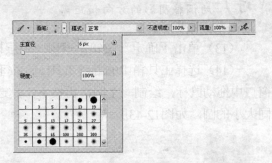

图12-48　画笔参数定义

（20）单击"确定"按钮，描边路径，按Ctrl+H快捷键隐藏路径，得到如图12-49所示的效果。

（21）运用同样的操作方法，绘制另一条路径并描边，效果如图12-50所示。

图12-49　描边路径

图12-50　绘制另一条线条

（22）在工具箱中选择自定形状工具 ，然后单击工具选项栏中"形状"下拉列表按钮，从形状列表中选择"雪花3"形状，如图12-51所示。

（23）在工具选项栏中按下"形状图层"按钮 ，在图像窗口中拖动鼠标，绘制雪花形状，如图12-52所示。

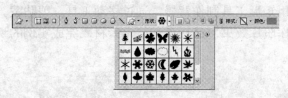

图12-51 选择"雪花3"形状

图12-52 绘制雪花形状

（24）新建一个图层，选择画笔工具 ，在工具选项栏中设置"硬度"为0%，"不透明度"和"流量"均为100%，在图像窗口中单击鼠标，绘制如图12-53所示的光点。在绘制的时候，可通过按"］"键和"［"键调整画笔的大小，以便绘制出不同大小的光点。

图12-53 绘制光点

（25）按住Ctrl键的同时，分别单击图层面板中的线条、雪花和光点图层，按住鼠标将其拖动至"创建新图层"按钮 上，复制图层，按Ctrl+E快捷键，合并复制的图层，设置前景色为白色，按Shift+Alt+Delete快捷键，填充白色。

（26）选择工具箱中的矩形选框工具 ，在图像窗口中按住鼠标并拖动，绘制一个矩形选区，按Delete快捷键，删除选区内的图形，效果如图12-54所示。

（27）执行"选择"|"取消选择"命令，取消选择，执行"文件"|"打开"命令，打开文字素材，运用移动工具 将文字素材添加至文件中，调整好位置，如图12-55所示。

图12-54 删除选区内的图形

图12-55 添加文字效果

12.3　可爱的宝贝——儿童照片模板

本实例制作一款可爱的儿童照片模板，效果如图12-56所示。

在制作过程中，首先新建一个文件，运用矩形工具制作背景，通过移动工具、剪贴蒙版、设置图层的"不透明度"和画笔工具制作照片效果，最后添加文字素材，完成实例的制作。

图12-56　儿童照片模板

（1）启用Photoshop后，执行"文件"|"新建"命令，弹出"新建"对话框，在对话框中设置参数如图12-57所示，单击"确定"按钮，新建一个空白文件。

（2）单击工具箱中的"前景色"色块，在弹出的"拾色器（前景色）"对话框中设置前景色为淡黄色，参数值如图12-58所示，单击"确定"按钮，按Alt+Delete键填充颜色。

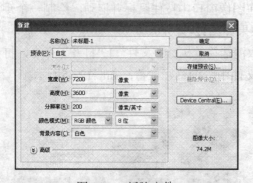

图12-57　新建文件

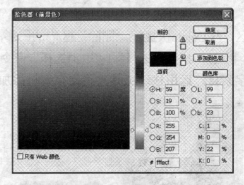

图12-58　设置颜色参数

（3）运用同样的操作方法，设置前景色为白色。单击图层面板中的"创建新图层"按钮，新建一个图层，选择工具箱中的矩形工具，按下工具选项栏中的"填充像素"按钮，在图像窗口中拖动鼠标，绘制一个矩形，如图12-59所示。

（4）运用同样的操作方法，绘制一个黄色（RGB参考值分别为R253、G242、B140）的矩形，如图12-60所示。

（5）选择中工具箱中的移动工具，按住Shift+Alt键，移动光标至矩形上，当光标呈形状时，按住鼠标并向下拖动，释放鼠标复制一个矩形，如图12-61所示。

图12-59　绘制白色矩形　　　　　　　　　图12-60　绘制黄色矩形

（6）运用同样的操作方法，复制矩形，得到如图12-62所示的效果，将8个矩形的图层合并。

图12-61　复制1个矩形　　　　　　　　　图12-62　复制出其他的矩形

（7）选择工具箱中的魔棒工具，在工具选项栏中设置参数如图12-63所示，在图像窗口中单击一个绘制的矩形，将其选中，然后按住Shift键单击矩形，加至选区中，得到如图12-64所示的效果。

图12-63　魔棒工具选项栏

> **技巧** 选中"连续"选项，可以按住Shift键单击选择不连续的多个颜色相近区域。

（8）参照步骤（2）的操作方法，设置前景色为淡黄色，按Alt+Delete键填充颜色，按Ctrl+D快捷键，取消选择，效果如图12-65所示。

图12-64　建立选区　　　　　　　　　　图12-65　填充颜色

（9）执行"文件"|"打开"命令，打开三张素材图像，运用移动工具，将素材添加至文件中，调整好大小和位置，按Ctrl+Alt+G快捷键，创建剪贴蒙版，图层面板如图12-66所示，图像效果如图12-67所示。

图12-66　创建剪贴蒙版

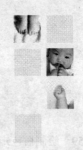

图12-67　添加素材

（10）继续执行"文件"｜"打开"命令，打开一张背景素材图像，运用移动工具，将素材添加至文件中，调整好大小、位置和图层顺序，设置图层的"不透明度"为60%，图层面板如图12-68所示，图像效果如图12-69所示。

图12-68　设置"不透明度"为60%

图12-69　图像效果

（11）运用同样的操作方法，添加其他的素材，如图12-70所示。

（12）设置前景色为白色，单击图层面板中的"创建新图层"按钮，新建一个图层，选择画笔工具，在工具选项栏中设置"硬度"为0%，"不透明度"和"流量"均为30%，在图像窗口四周边缘涂抹，效果如图12-71所示。

图12-70　添加素材

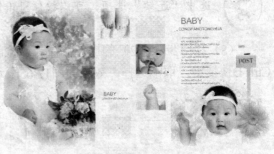

图12-71　绘制白色渐隐边缘的效果

12.4　爱情阁楼——婚纱照片模板

为照片添加模板，既可增添浪漫色彩，又能突出照片效果，本例制作完成的效果不但很时尚而且很有艺术气息，如图12-72所示。

本实例主要运用通道抠取婚纱，然后对照片的颜色进行调整，使其与背景更加融合。

图12-72　爱情阁楼

（1）启用Photoshop CS4后，执行"文件"|"打开"命令，在"打开"对话框中选择婚纱素材，单击"打开"按钮，打开图像，如图12-73所示。

（2）选择磁性套索工具 ，围绕人物创建出大致选区，选择多边形套索工具 ，配合使用Shift和Alt键，调整选区，将人物选择出来，效果如图12-74所示。

图12-73　打开图像

图12-74　建立选区

（3）单击鼠标右键，在弹出的快捷菜单中选择"存储选区"命令，切换至通道面板，可以看到存储的选区，如图12-75所示。按Ctrl+D组合键取消选择。

（4）在通道面板中分别单击查看"红"、"绿"和"蓝"颜色的通道效果，因为"红"通道的黑白对比最强烈，所以这里选择"红"通道，如图12-76所示。

图12-75　存储选区

图12-76　"红"通道效果

（5）拖动"红"通道至"创建新通道"按钮 上，复制得到"红副本"通道，如图12-77所示。通道中的白色代表选取区域，黑色代表未选取区域。

（6）按下Ctrl+L快捷键，打开"色阶"调整对话框，向右移动阴影滑块，将灰色背景调整为黑色；向左移动白色滑块，将裙子的透明部分从背景中分离出来，如图12-78所示，效果如图12-79所示。

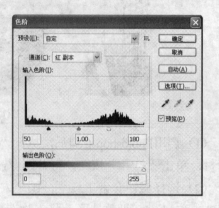

图12-77 复制红通道　　　　　　　　　　　图12-78 "色阶"调整对话框

（7）按住Ctrl键的同时，单击Alpha 1通道，载入通道选区，效果如图12-80所示。

图12-79 "色阶"调整效果　　　　　　　　　图12-80 载入通道选区

（8）按D键，恢复前景色和背景色为默认的黑白颜色，按Ctrl+Delete组合键，填充白色，效果如图12-81所示。

（9）此时前景色为黑色，选择工具箱中的画笔工具 ，在图像窗口中的背景图像上进行涂抹，将背景完全涂抹为黑色，如图12-82所示。

图12-81 填充选区为白色　　　　　　　　　图12-82 涂抹背景为黑色

（10）修改完成之后，按住Ctrl键的同时单击"红副本"通道，载入通道选区，然后返回图层面板，图像效果如图12-83所示。

（11）执行"文件"|"打开"命令，在"打开"对话框中选择背景素材，单击"打开"按钮，打开素材，如图12-84所示。

图12-83　载入选区　　　　　　　　　　图12-84　背景素材

（12）运用移动工具，将人物素材添加至背景文件中，调整好大小和位置，得到如图12-85所示的效果。

图12-85　添加人物素材

（13）单击"调整"面板中的"曲线"按钮，添加曲线调整图层，调整曲线如图12-86所示；选择"红"通道选项，调整曲线如图12-87所示；选择"绿"通道选项，调整曲线如图12-88所示；选择"蓝"通道选项，调整曲线如图12-89所示，通过调整，颜色与背景更加融合了。

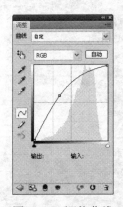
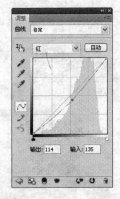

图12-86　调整曲线　　图12-87　调整"红"通道曲线　　图12-88　调整"绿"通道曲线

（14）按住Alt键的同时，移动光标至图层面板中分隔"图层1"图层和"曲线1"图层之间的实线上，当光标显示为形状时，单击鼠标左键，创建剪贴蒙版，使曲线调整只作用于人物素材部分，此时图像效果如图12-90所示。

图12-89　调整"蓝"通道曲线

图12-99　调整效果

　　（15）运用同样的操作方法，添加另一张婚纱素材并调整颜色，完成实例的制作，最终效果如图12-91所示。

图12-91　最终效果

12.5　童年——相册封面

　　本实例制作一款儿童相册封面，效果如图12-92所示。

图12-92　相册封面

在制作过程中，首先新建一个文件，然后运用移动工具、图层蒙版、图层的"不透明度"制作人物效果，运用钢笔工具和椭圆工具，制作装饰图案；最后运用横排文字工具和图层样式制作文字效果，完成实例的制作。

（1）启用Photoshop CS4后，执行"文件"|"新建"命令，弹出"新建"对话框，在对话框中设置参数如图12-93所示，单击"确定"按钮，新建一个空白文件。

（2）单击工具箱中的"前景色"色块，在弹出的"拾色器（前景色）"对话框中设置前景色为粉红色，参数值如图12-94所示，单击"确定"按钮，按Alt+Delete键填充颜色。

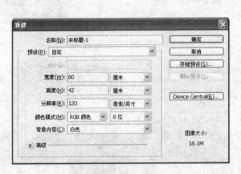

图12-93　新建文件

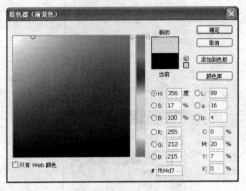

图12-94　设置颜色参数

（3）执行"文件"|"打开"命令，在"打开"对话框中选择儿童照片素材，单击"打开"按钮，运用移动工具，将素材添加至文件中，调整好大小和位置，如图12-95所示。

（4）运用同样的操作方法，添加另一张儿童素材，如图12-96所示。

图12-95　添加素材

图12-96　添加另一张素材

（5）单击图层面板上的"添加图层蒙版"按钮，为图层添加图层蒙版，选择渐变工具，单击选项栏中的渐变列表框中的下拉按钮，从弹出的渐变列表中选择"黑白"渐变，按下"径向渐变"按钮，在图像窗口中按住鼠标并拖动，填充黑白径向渐变，图层面板如图12-97所示，图像效果如图12-98所示。

（6）设置"图层2"图层的"不透明度"为60%，图层面板如图12-99所示，图像效果如图12-100所示。

（7）单击图层面板中的"创建新组"按钮，新建一个图层组，如图12-101所示。

图12-97　图层面板

图12-98　渐变效果

图12-99　设置图层属性

图12-100　"不透明度"为60%的效果

（8）单击工具箱中的"前景色"色块，在弹出的"拾色器（前景色）"对话框中设置前景色为粉红色，参数值如图12-102所示，单击"确定"按钮。

图12-101　创建新组

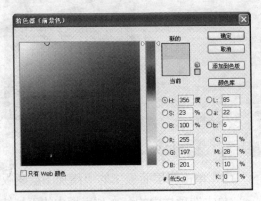

图12-102　设置颜色参数

提示

执行"图层"|"新建"|"组"命令，将弹出"新建组"对话框，在该对话框中，可设置层组的"名称"、"模式"、"颜色"和"不透明度"参数，设置完成后，单击"确定"按钮，可以新建一个图层组。

（9）选择工具箱中的钢笔工具 ，按下工具选项栏中的"形状图层"按钮 ，绘制如图12-103所示的花朵图形。

（10）选择工具箱中的椭圆工具 ，按下工具选项栏中的"从路径区域减去"按钮 ，在图像窗口中拖动鼠标，绘制一个圆，如图12-104所示。

图12-103　绘制花朵图形

图12-104　绘制圆

（11）选择工具箱中的路径选择工具 ，按住Shift+Alt键，移动光标至花朵上，当光标呈 形状时，按住鼠标并向右拖动，释放鼠标复制一朵花，如图12-105所示。

（12）在图层面板中双击"形状图层"后面的色块，弹出"拾取实色"对话框，设置参数如图12-106所示。

图12-105　复制花朵

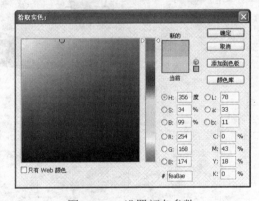

图12-106　设置颜色参数

（13）单击"确定"按钮，关闭"拾取实色"对话框，效果如图12-107所示。

（14）运用同样的操作方法，制作其他的花朵，并调整好大小和位置，如图12-108所示。

（15）在工具箱中选择横排文字工具 ，在工具选项栏的"设置字体"下拉列表框 中选择"方正少儿简休"字体。

（16）在"设置字号大小"下拉列表框 中输入100，确定字号大小。

（17）单击 按钮，设置对齐方式为左对齐，此时工具选项栏如图12-109所示。

（18）在图像窗口中单击鼠标，此时会出现一个文本光标，然后输入文字即可得到水平排列的文字。按Ctrl+Enter键确定，完成文字的输入，如图12-110所示。

（19）执行"图层"|"图层样式"|"描边"命令，弹出"图层样式"对话框，设置参数如图12-111所示，其中颜色的RGB参考值分别为R255、G197、B201。

图12-107　应用的颜色效果

图12-108　制作其他的花朵

图12-109　文字工具选项栏

图12-110　输入文字

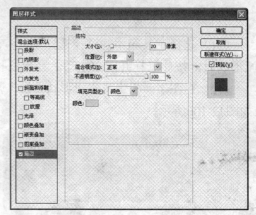

图12-111　"描边"参数设置

图12-112　"描边"效果

（20）单击"确定"按钮，退出"图层样式"对话框，添加"描边"的效果如图12-112所示。

（21）按Ctrl+T快捷键，进入自由变换状态，文字周围出现控制手柄，移动鼠标光标至下侧中间的控制手柄上，当光标变为↕状时，按住鼠标并向下拖动，如图12-113所示，拖动至合适位置时释放鼠标，按Enter键确定操作。

（22）添加其他的素材和文字，完成实例的制作，效果如图12-114所示。

图12-113　调整文字

图12-114　最终效果

12.6　新年吉祥——台历

本实例制作一款新年台历，效果如图12-115所示。

在制作过程中，首先新建一个文件，然后运用移动工具、图层蒙版和"色彩范围"命令制作素材效果，再运用"图层样式"制作文字效果，最后添加其他的素材，完成实例的制作。

图12-115　台历效果

（1）启用Photoshop CS4后，执行"文件"|"新建"命令，弹出"新建"对话框，在对话框中设置参数如图12-116所示，单击"确定"按钮，新建一个空白文件。

（2）执行"文件"|"打开"命令，在"打开"对话框中选择背景素材，单击"打开"按钮，打开素材，并运用移动工具，将背景素材添加至文件中，调整好大小和位置，如图12-117所示。

　印刷输出对图像的分辨率要求较高，一般在300像素/英寸以上。若读者仅作为练习，可以将图像的分辨率设置为72像素/英寸。

（3）继续执行"文件"|"打开"命令，在"打开"对话框中选择婚纱素材，单击"打开"按钮，打开素材，如图12-118所示。

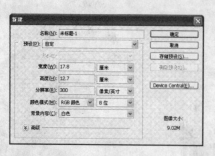

图12-116　新建文件

图12-117　添加背景素材

（4）运用移动工具 ，将婚纱素材添加至文件中，调整好大小和位置，图层面板中将自动生成"图层2"图层，单击图层面板上的"添加图层蒙版"按钮 ，为"图层2"图层添加图层蒙版。

（5）编辑图层蒙版，设置前景色为黑色，按Alt+Delete快捷键，填充颜色，设置前景色为白色，选择画笔工具 ，按"["或"]"键调整合适的画笔大小，在人物上涂抹，此时图层面板如图12-119所示，图像效果如图12-120所示。

图12-118　婚纱素材

图12-119　图层面板

（6）继续执行"文件"|"打开"命令，在"打开"对话框中选择竹子素材，单击"打开"按钮，打开素材，执行"选择"|"色彩范围"命令，弹出"色彩范围"对话框，按下对话框右侧的吸管按钮 ，移动光标至图像窗口中背景位置单击鼠标，选中纯色背景，按下带有"+"号的吸管 ，然后在图像窗口或预览框中单击背景，以添加选取范围，选择所有背景后，选中"反相"复选框，如图12-121所示。

（7）单击"确定"按钮，退出"色彩范围"对话框，得到竹子的选区，如图12-122所示。

图12-120　添加图层蒙版的效果

图12-121　"色彩范围"对话框

图12-122　建立选区

（8）运用移动工具 ，将竹子素材添加至文件中，调整图层顺序至人物图层的下方，按Ctrl+T组合键，调整图形的大小，并移动至合适位置，如图12-123所示。

（9）运用同样的操作方法，添加另一张竹子素材，如图12-124所示。

图12-123　添加竹子素材

图12-124　添加另一张竹子素材

（10）运用同样的操作方法，添加文字素材，如图12-125所示。

（11）双击文字素材图层，弹出"图层样式"对话框，选择"投影"选项，设置参数如图12-126所示。

图12-125　添加文字素材

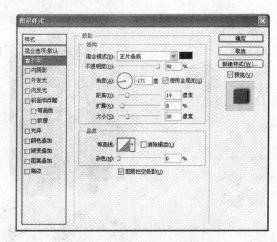

图12-126　"投影"参数设置

（12）选择"渐变叠加"选项，单击渐变条，在弹出的"渐变编辑器"对话框中设置参数如图12-127所示，其中紫色的RGB参考值分别为R111、G21、B108，绿色的RGB参考值分别为R0、G96、B27，橙色的RGB参考值分别为R253、G124、B0。

（13）单击"确定"按钮，返回"图层样式"对话框，设置图层的"混合模式"为"正常"，如图12-128所示。

图12-127　"渐变编辑器"对话框

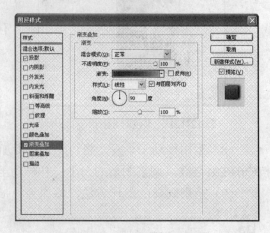

图12-128　"混合模式"设置

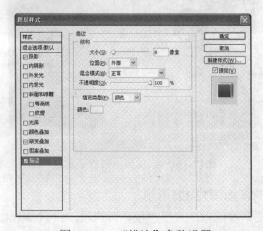

图12-129　"描边"参数设置

（14）选择"描边"选项，设置参数如图12-129所示。

（15）单击"确定"按钮，退出"图层样式"对话框，效果如图12-130所示。

（16）运用同样的操作方法，添加其他的素材，完成实例的制作，最终效果如图12-131所示。

图12-130　"图层样式"应用的效果

图12-131　最终效果

12.7　喜结良缘——婚庆请柬

本实例制作一款婚庆请柬，效果如图12-132所示。

在制作过程中，首先新建一个请柬大小的文件，然后填充背景为红色，运用自定形状工具和"自由变换"命令制作心形，运用钢笔工具和"图层混合"模式制作飘带图形，运用图层样式制作文字效果，最后添加其他的素材，完成实例的制作。

图12-132　婚庆请柬

（1）启用Photoshop CS4后，执行"文件"|"新建"命令，弹出"新建"对话框，在对话框中设置参数如图12-133所示，单击"确定"按钮，新建一个空白文件。

（2）单击工具箱中的"前景色"色块，在弹出的"拾色器（前景色）"对话框中设置前景色为红色，参数值如图12-134所示，单击"确定"按钮，按Alt+Delete键填充颜色。

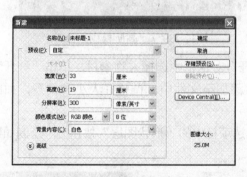

图12-133　"新建"对话框

图12-134　设置颜色参数

（3）新建一个图层，在工具箱中选择自定形状工具，然后单击选项栏中的"形状"下拉列表按钮，从形状列表中选择"心"形状，如图12-135所示。

（4）按下"填充像素"按钮，在图像窗口中的右上角位置，拖动鼠标绘制一个"心"形，如图12-136所示。

（5）按下Ctrl+T快捷键，移动鼠标至定界框外，当光标显示为形状后拖动鼠标，对心形进行旋转操作，按Enter键确定，如图12-137所示。

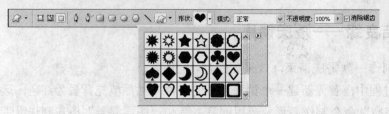

图12-135 选择"心"形状

图12-136 绘制"心"形

图12-137 旋转图像

（6）执行"滤镜"|"模糊"|"高斯模糊"命令，弹出"高斯模糊"对话框，设置参数如图12-138所示。

（7）单击"确定"按钮，关闭"高斯模糊"对话框，图像效果如图12-139所示。

图12-138 "高斯模糊"参数设置

图12-139 "高斯模糊"效果

（8）执行"文件"|"打开"命令，在"打开"对话框中选择人物素材，单击"打开"按钮，打开素材。运用移动工具，将人物素材添加至文件中，调整好大小和位置，如图12-140所示。

（9）选择工具箱中的钢笔工具，按下工具选项栏中的"形状图层"按钮，绘制如图12-141所示的图形。

图12-140 人物素材

图12-141 绘制图形

技巧 在使用钢笔工具时，按住Ctrl键可切换至直接选择工具，按住Alt键可切换至转换点工具。

（10）单击图层面板上的"添加图层蒙版"按钮，为图层添加图层蒙版。选择渐变工具，单击选项栏中的渐变列表框中的下拉按钮，从弹出的渐变列表中选择"黑白"渐变，按下"线性渐变"按钮，在图像窗口中按住鼠标并拖动，填充黑白线性渐变，设置图层的"不透明度"为50%，图层面板如图12-142所示，图像效果如图12-143所示。

图12-142 添加图层蒙版

图12-143 图像效果

（11）运用同样的操作方法，绘制其他的图形，效果如图12-144所示。

（12）将绘制的图形的几个图层合并，运用移动工具，调整它们的位置，如图12-145所示。

图12-144 绘制其他的图形

图12-145 调整图形的位置

（13）将绘制的图形复制一份，调整好大小和位置，如图12-146所示。

（14）执行"文件"|"打开"命令，打开文字素材，运用移动工具将文字素材添加至文件中，如图12-147所示。

图12-146 复制图形

图12-147 添加文字素材

（15）执行"图层"|"图层样式"|"投影"命令，弹出"图层样式"对话框，设置参数如图12-148所示。

（16）选择"描边"选项，设置参数如图12-149所示。

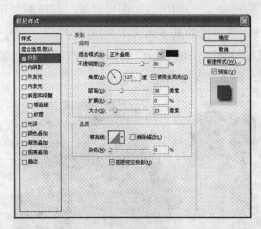

图12-148 "投影"参数设置　　　　　　图12-149 "描边"参数设置

（17）单击"确定"按钮，退出"图层样式"对话框，效果如图12-150所示。

（18）运用同样的操作方法，添加其他的素材，完成实例的制作，最终效果如图12-151所示。

图12-150 "图层样式"应用的效果　　　　　图12-151 最终效果

12.8 情迷紫色——光盘盘面

本实例制作一款光盘盘面，效果如图12-152所示。

在制作过程中，首先新建一个文件，然后运用椭圆工具绘制出光盘的形状，运用移动工具和剪贴蒙版制作背景，再运用"色彩范围"命令、图层的"混合模式"和添加图层蒙版制作人物和花纹效果，最后添加文字素材，完成实例的制作。

（1）启用Photoshop CS4后，执行"文件"|"新建"命令，弹出"新建"对话框，在对话框中设置参数如图12-153所示，单击"确定"按钮，新建一个空白文件。

（2）选择工具箱中的椭圆工具，在工具选项栏中设置参数如图12-154所示，在图像窗口中单击鼠标，绘制一个正圆，如图12-155所示。

图12-152　光盘盘面效果

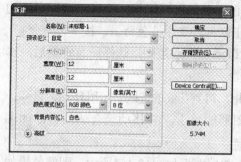

图12-153　"新建"对话框

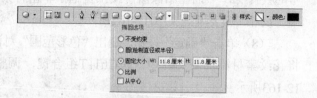

图12-154　工具选项栏

（3）继续运用椭圆工具 ◎，在工具选项栏中设置参数如图12-156所示，在图像窗口中单击鼠标，再绘制一个正圆，如图12-157所示。

图12-155　绘制圆

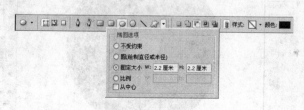

图12-156　设置参数

图12-157　再绘制一个圆

（4）执行"文件"｜"打开"命令，在"打开"对话框中选择背景素材，单击"打开"按钮，打开素材，如图12-158所示。

（5）运用移动工具 ，将背景素材添加至文件中，按住Alt键的同时，移动光标至分隔两个图层的实线上，当光标显示为 形状时，单击鼠标左键，创建剪贴蒙版，按Ctrl+T组合键，调整图形的大小，并移动至合适位置，此时图层面板如图12-159所示，图像效果如图12-160所示。

图12-158　背景素材

（6）执行"文件"|"打开"命令，在"打开"对话框中选择花纹素材，单击"打开"按钮，打开素材，如图12-161所示。

图12-159　创建剪贴蒙版

图12-160　添加背景素材的效果

图12-161　花纹素材

（7）执行"选择"|"色彩范围"命令，弹出"色彩范围"对话框，按下对话框右侧的吸管按钮 🖋，移动光标至图像窗口中的背景位置处单击鼠标，选中纯色背景，按下带有"+"号的吸管 🖋，然后在图像窗口或预览框中单击背景，以添加选取范围，选择所有背景后，选中"反相"复选框，如图12-162所示。

（8）单击"确定"按钮，退出"色彩范围"对话框，得到花纹的选区。运用移动工具 ▸⊕，将花纹素材添加至文件中，按Ctrl+T组合键，调整图形的大小，并移动至合适位置，如图12-163所示。

（9）设置花纹图层的"混合模式"为"叠加"，图层面板如图12-164所示，图像效果如图12-165所示。

图12-162　"色彩范围"对话框

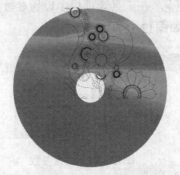

图12-163　添加花纹素材

图12-164　图层面板

（10）执行"文件"|"打开"命令，在"打开"对话框中选择婚纱照片，单击"打开"按钮，打开素材，如图12-166所示。

（11）运用移动工具 ▸⊕，将婚纱素材添加至文件中，调整好大小和位置，如图12-167所示。

（12）设置婚纱素材图层的"混合模式"为"叠加"，图层面板如图12-168所示，图像效果如图12-169所示。

（13）单击图层面板上的"添加图层蒙版"按钮 ▢，为"图层3"图层添加图层蒙版。编辑图层蒙

图12-165　"叠加"效果

版，设置前景色为黑色，选择画笔工具 ，按 "[" 或 "]" 键调整合适的画笔大小，在图像边缘涂抹，此时图层面板如图12-170所示，图像效果如图12-171所示。

图12-166　婚纱照片

图12-167　调整大小和位置

图12-168　图层面板

图12-169　"叠加"效果

图12-170　添加图层蒙版的图层面板

图12-171　图像效果

（14）运用同样的操作方法，添加另一张婚纱照片，并为婚纱照片添加图层蒙版，得到如图12-172所示的效果。

（15）将花纹素材复制一份，执行"编辑"|"变换"|"水平翻转"命令，水平翻转图像，再调整好大小和位置，效果如图12-173所示。

（16）执行"文件"|"打开"命令，打开文字素材，运用移动工具将文字素材添加至文件中，调整好位置，如图12-174所示。

图12-172　添加另一张
婚纱照片

图12-173　复制花纹素材

图12-174　添加文字素材

12.9　蝶恋花——仿古卷轴

本实例制作一款蝶恋花的仿古卷轴，效果如图12-175所示。

图12-175　仿古卷轴

在制作过程中，首先新建一个卷轴大小的文件，然后运用移动工具和矩形选框工具制作边框，再运用移动工具、图层"混合模式"和添加图层蒙版制作人物效果，最后添加其他的素材，完成实例的制作。

（1）启用Photoshop CS4后，执行"文件"|"新建"命令，弹出"新建"对话框，在对话框中设置参数如图12-176所示，单击"确定"按钮，新建一个空白文件。

（2）执行"文件"|"打开"命令，在"打开"对话框中选择图案素材，单击"打开"按钮，打开素材，如图12-177所示。运用移动工具，将素材添加至文件中，调整好大小和位置。

（3）选择工具箱中的矩形选框工具，在图像窗口中按住鼠标并拖动，绘制选区，按Delete键删除选区中的图像，效果如图12-178所示，按Ctrl+D快捷键，取消选择。

图12-176　新建文件

图12-177　图案素材　　图12-178　删除选区内的图形

（4）继续执行"文件"|"打开"命令，在"打开"对话框中选择人物素材，单击"打开"按钮，打开素材，如图12-179所示。

在绘制椭圆和矩形选区时，按下空格键可以快速移动选区。

（5）运用移动工具，将人物素材添加至文件中，调整好大小、位置和图层顺序，图层面板如图12-180所示，图像效果如图12-181所示。

（6）单击工具箱中的"前景色"色块，在弹出的"拾色器（前景色）"对话框中设置前景色为淡黄色，参数值如图12-182所示，单击"确定"按钮。

图12-179 人物素材   图12-180 图层面板   图12-181 添加人物素材的效果

（7）单击图层面板中的"创建新图层"按钮 ，新建一个图层，按Alt+Delete键填充颜色，在图层面板中设置图层的"混合模式"为"正片叠底"，图层面板如图12-183所示，图像效果如图12-184所示。

图12-182 设置颜色参数   图12-183 设置图层属性

（8）单击图层面板上的"添加图层蒙版"按钮 ，为"图层2"添加图层蒙版。按D键，恢复前景色和背景色为默认的黑白颜色，按Ctrl+Delete快捷键，填充蒙版为黑色，然后选择画笔工具 ，在人物上涂抹，此时图层面板如图12-185所示，人物效果如图12-186所示。

图12-184 "正片叠底"效果   图12-185 添加图层蒙版   图12-186 添加图层蒙版的效果

（9）运用同样的操作方法，添加其他的素材，如图12-187所示。

（10）执行"图层"|"图层样式"|"描边"命令，弹出"图层样式"对话框，设置参数如图12-188所示。

（11）单击"确定"按钮，退出"图层样式"对话框，添加"描边"的效果如图12-189所示。

图12-187　添加其他的素材

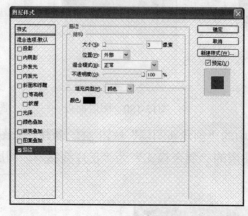
图12-188　"描边"参数设置

图12-189　"描边"效果

12.10　百年好合——易拉宝

本实例制作一款百年好合的易拉宝，效果如图12-190所示。

图12-190　易拉宝

在制作过程中，首先新建一个文件，然后运用移动工具制作背景，运用钢笔工具和"自由变换"命令制作边框，运用移运用工具添加人物素材，运用自定形状工具和图层样式制作蝴蝶效果，再运用自定形状工具、画笔工具、描边路径和图层蒙版，制作出心形光点效果，最后添加其他的素材，完成实例的制作。

（1）启用Photoshop CS4后，执行"文件"|"新建"命令，弹出"新建"对话框，在对话框中设置参数如图12-191所示，单击"确定"按钮，新建一个空白文件。

（2）执行"文件"|"打开"命令，在"打开"对话框中选择背景素材，单击"打开"按钮，运用移动工具 ，将背景素材添加至文件中，打开素材，调整好大小和位置，如图12-192所示。

（3）单击工具箱中的"前景色"色块，在弹出的"拾色器（前景色）"对话框中设置前景色为红色，参数值如图12-193所示，单击"确定"按钮。

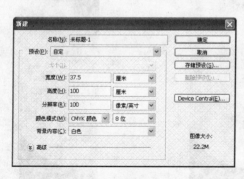

图12-191　新建文件

图12-192　背景素材

（4）选择工具箱中的钢笔工具 ，按下工具选项栏中的"填充像素"按钮 ，绘制如图12-194所示的图形。

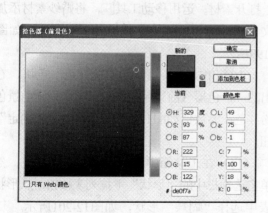

图12-193　设置颜色参数

图12-194　绘制图形

（5）将图形复制一份，执行"编辑"|"变换"|"水平翻转"命令，水平翻转图形，再执行"编辑"|"变换"|"垂直翻转"命令，垂直翻转图形，运用移动工具 调整好位置，效果如图12-195所示。

（6）单击工具箱中的"前景色"色块，在弹出的"拾色器（前景色）"对话框中设置前景色为红色，参数值如图12-196所示，单击"确定"按钮。

（7）选择复制的图形的图层，按Alt+Shift+Delete快捷键，填充颜色，效果如图12-197所示。

图12-195　复制并翻转图形

（8）运用同样的操作方法，绘制另外一个图形，效果如图12-198所示。

图12-196　设置颜色参数

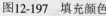

图12-197　填充颜色

图12-198　绘制另外一个图形

图12-199　添加婚纱素材

（9）继续执行"文件"|"打开"命令，在"打开"对话框中选择婚纱素材，单击"打开"按钮，打开素材。运用移动工具 ⊕ ，将婚纱素材添加至文件中，调整好大小、位置和图层顺序，如图12-199所示。

（10）单击工具箱中的"前景色"色块，在弹出的"拾色器（前景色）"对话框中设置前景色为粉红色，参数值如图12-200所示，单击"确定"按钮。

（11）在工具箱中选择自定形状工具 ，然后单击选项栏中的"形状"下拉列表按钮，从形状列表中选择"蝴蝶"形状，如图12-201所示。

图12-200　设置颜色参数

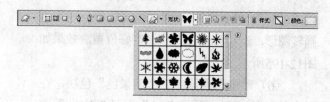

图12-201　选择"蝴蝶"形状

（12）按下"形状图层"按钮 ，在图像窗口中的右上角位置，拖动鼠标绘制蝴蝶图形，如图12-202所示。

（13）双击"蝴蝶形状"图层，弹出"图层样式"对话框，选择"外发光"选项，设置参数如图12-203所示。

图12-202　绘制蝴蝶图形

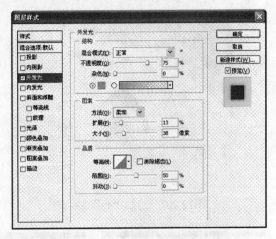

图12-203　"外发光"参数设置

（14）单击"确定"按钮，退出"图层样式"对话框，添加"外发光"的效果如图12-204所示。按Ctrl+H快捷键，隐藏路径。

（15）运用同样的操作方法，绘制另一只蝴蝶，如图12-205所示。

（16）在工具箱中选择自定形状工具，然后单击选项栏中的"形状"下拉列表按钮，从形状列表中选择"红心形卡"形状，如图12-206所示。

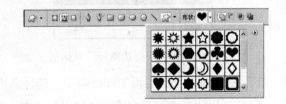

图12-204　"外发光" 　图12-205　绘制另一　　　图12-206　选择"红心形卡"形状
　　　　　　效果　　　　　　　　　只蝴蝶

（17）按下"路径"按钮，在图像窗口中的右上角位置，拖动鼠标绘制一个心形，如图12-207所示。

（18）按下Ctrl+T快捷键，移动鼠标至定界框外，当光标显示为形状后拖动鼠标，对心形进行旋转操作，如图12-208所示。

（19）在工具箱中选择画笔工具，选择"窗口"|"画笔"命令，或按下F5键，打开"画笔"面板，设置参数如图12-209所示。

（20）设置前景色为白色，选择工具箱中的钢笔工具，在路径上单击鼠标右键，在弹出的快捷菜单中选择"描边路径"选项，弹出"描边路径"对话框，选择"画笔"选项，如图12-210所示。单击"确定"按钮，描边路径的效果如图12-211所示。

图12-207　绘制"心"形

图12-208　旋转图像

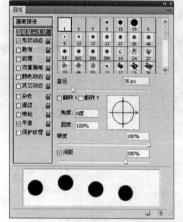

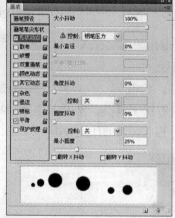

图12-209　设置画笔参数

图12-210　"描边路径"对话框

（21）参照上述同样的操作方法，继续描边路径，效果如图12-212所示。

（22）单击图层面板上的"添加图层蒙版"按钮　，为图层添加图层蒙版。选择渐变工具　，单击选项栏中的渐变列表框下拉按钮　，从弹出的渐变列表中选择"黑白"渐变，按下"线性渐变"按钮　，在图像窗口中按住并拖动鼠标，填充黑白线性渐变，隐藏人物中的部分圆点效果，如图12-213所示。

图12-211　描边路径效果

图12-212　继续描边路径

（23）运用同样的操作方法，制作右下角的图形，如图12-214所示。

（24）参照前面实例中的操作方法，输入文字，添加素材，完成实例的制作，如图12-215所示。

图12-213　添加图层蒙版　　　　图12-214　绘制右下角光点　　　　图12-215　最终效果
　　　　　 并应用渐变

 在图像制作的过程中或制作完成后再增大图像的分辨率，并不能提高图像的质量。

反侵权盗版声明

电子工业出版社依法对本作品享有专有出版权。任何未经权利人书面许可，复制、销售或通过信息网络传播本作品的行为；歪曲、篡改、剽窃本作品的行为，均违反《中华人民共和国著作权法》，其行为人应承担相应的民事责任和行政责任，构成犯罪的，将被依法追究刑事责任。

为了维护市场秩序，保护权利人的合法权益，我社将依法查处和打击侵权盗版的单位和个人。欢迎社会各界人士积极举报侵权盗版行为，本社将奖励举报有功人员，并保证举报人的信息不被泄露。

举报电话： （010）88254396； （010）88258888

传　　真： （010）88254397

E-mail： dbqq@phei.com.cn

通信地址：北京市万寿路173信箱

　　　　　电子工业出版社总编办公室

邮　　编：100036